だいわ文庫

貸し物屋お庸謎解き帖

髪結いの亭主

平谷美樹

大和書房

目次

◆人物紹介◆

庸（よう）……「無い物はない」と評判の江戸で一、二を争う貸し物屋・湊屋（みなとや）両国出店（でだな）店主。口は悪いが気風のよさと心根の優しさ、行動力で多くの味方を得、持ち前の機知でお客にまつわる難事や謎を見抜いて解決する美形の江戸娘。

幸太郎（こうたろう）……庸の弟。両親の死後、数寄屋大工の名棟梁だった仁座右衛門（にざえもん）の後見を得て大工の修業に励んでいる。

りょう……生まれず亡くなった庸の姉。童女姿の霊となって庸の実家に棲み、家神になるための修行をしている。

湊屋清五郎（みなとやせいごろう）……浅草新鳥越町に店を構える貸し物屋・湊屋本店（ほんだな）の若き主（あるじ）。「三倉」の苗字と帯刀を許されており、初代が将軍の御落胤であったという噂もある。

松之助（まつのすけ）……湊屋本店の手代。湊屋で十年以上働いており、両国出店に手伝いに来ることも多い。

半蔵（はんぞう）……清五郎の手下。浪人風、四十絡みの男。

瑞雲（ずいうん）……浅草藪之内の東方寺（とうほうじ）住職。物の怪を払う力を持つ。

綾太郎（あやたろう）……葭町（よしちょう）の長屋に住む蔭間（かげま）。庸に恋心を抱いている。

熊野五郎左衛門……北町奉行所同心。三十路を過ぎた独り者。庸からは「熊五郎」と呼ばれている。

橘　喜左衛門（たちばなきざえもん）……陸奥国神坂（むつのくにこうさか）家江戸家老。

貸し物屋お庸謎解き帖　髪結いの亭主

髪結いの亭主

一

梅の季節である。

暖かい部屋で梅見の宴をしようとする者もけっこういて、貸し物屋湊屋の両国出店の店先には、枝振りのいい盆梅――、盆栽に仕立てた梅が幾つか並べられていた。

貸し物屋とは現代で言うレンタルショップである。

朝の客も一段落して、主の庸は、板敷に座った今日の追いかけ屋、綾太郎の無駄話につき合っていた。

追いかけ屋とは、怪しい客の身元を確かめるために後を尾行る役目で、貸した物を詐欺などの犯罪に使われないための用心であった。

庸はいつも通りの黄色の地に橙の格子縞の小袖に臙脂の裁付袴。襟に赤く〈湊屋〉と縫い取りのある藍色の半纏という色気のない装いである。島田に結った髪に添えた紅い縮緬だけが少女らしい飾りであった。

綾太郎は薄紫の着流しである。長い髪を総髪にして後頭部でくくっていた。

「昨夜の客がさぁ、この季節になると獺が祭をするってぇんだよ」

細面で鼻筋の通った綺麗な顔をした綾太郎は蔭間を生業としている。男娼である。

客には男も女もいた。男が相手の時には女装をするので、髪もすぐに女髪に結えるように伸ばしているのであった。

「おれは獣（けもの）が祭なんかするもんかって言ったんだ。そしたら――」

綾太郎がそこまで言った時、暖簾（のれん）をくぐって客が入って来た。

年の頃は四十半ば（しじゅうなか）ほどであろうか、粗末な木綿の着物を尻端折り（しりはしょ）して、股引（ももひき）の膝に継ぎ当てをしていた。月代（さかやき）には半白の髪が伸びかけている。

綾太郎は商売の邪魔にならぬよう、帳場の奥の小部屋に入った。追いかけ屋の定位置であった。

「台箱（だいばこ）を借りてぇんだが」

客は言った。

「髪結（かみゆ）いの道具を入れるあれかい？」

庸は、しばらく剃（そ）っていないであろう男の月代に目をやる。男はその視線の意図を悟り、恥ずかしそうに自分の月代を撫でた。

「いや、その……、しばらく商売から離れていたんだが、また始めようと思って」

「いつまで髪結いをしていたんだ？」

庸は訊（き）く。

「三年くれぇ前かな」

「今は何をしてる？」

「棒手振（ぼてふり）だ。煮売り屋をしてる」

「なんでやめた？」

「え、何を？」

「髪結いだよ。なんで髪結いをやめて、棒手振になったのかって訊いてるんだよ」

「それは、その……。仕事がなくなったからだよ」

「分からねぇな」庸は眉をひそめた。

「髪の毛のある奴は、老若男女、ほとんどが髪結いの世話になる。仕事がなくなるなんてことはねぇだろ」

「旅役者一座の髪結いをやってたんだよ。座長が死んで、一座は離散。ほかの連中は別の一座に拾われたが、もう髪結いはいるからって言われて、おれだけあぶれたんだよ。一座では飯炊きもやってたから、煮物くれぇはできる。だから煮売り屋になった。それから三年だ」

「なぜ髪結いの仕事をしなかった？　髪結いは髪結い床（理髪店）を開く奴もいるが、廻り髪結いで、得意先を廻る商売もある。廻り髪結いならそれこそ貸し物屋から道具を借りてでも出来るじゃねぇか」

「……別の仕事がしたかったんだよ。何で、根ほり葉ほり訊くんでぇ？」

男は怯えたような表情になった。

「貸し物を小道具に使おうとする仕掛者（詐欺師）がいるんだよ。坊主の衣を借りて、布施を騙し取ろうとしたりとかな」

「そんなことはしねぇよ……」

男はおどおどしながら言う。

「それじゃあ――」

と、奥から縞のお仕着せに紺の前掛けの松之助が出て来た。湊屋本店の手代であったが、両国出店の手伝いをしている若者である。

「わたしの月代を剃っていただけませんか。ちょっと伸び始めてるんで。それで髪結いをやっていたかどうかが分かります。あっ、ちゃんとお代は支払いますよ」

「やめとけよ」庸は首を振った。

「髪結いをやっていたってのが嘘だったら、月代が傷だらけになるぜ」

「そうなったら治療代をいただきますよ」松之助は言って男を見る。

「ここでわたしの月代を上手く剃れなかったら、道具を借りて行っても商売にはなりません。どうです、やってみませんか?」

「分かった。剃ってやろう」

男は思いきったように頷いた。

「では、道具を用意いたします」

松之助は奥へ向かった。

男はもじもじしながら待つ。

庸はその様子をじっと観察する。

時々、二人の視線がぶつかると、男は素早く目を逸（そ）らした。

怪しいといえば、怪しい――。

何か嘘をついているのか、あえて口にしなかった隠し事があるのか――。

松之助は右手に台箱、左手に湯を満たした小さい桶、首に数枚の手拭いをかけて戻って来た。台箱は廻り髪結い――、依頼された先や契約をしている家に出かけて髪を結う者たちが使う道具箱で、持って歩きやすいように、数段の引き出しが縦に並んだ細長い形をしている。

「さぁ、お願いします」

松之助は板敷に道具類を置き、その横に座った。

「上がらせてもらうよ」

男は言って、懐（ふところ）から手拭いを出し、足の土埃（つちぼこり）を払った後、板敷に上がった。

台箱の引き出しを開けて中を確かめる。錆（さ）び予防のために油紙に包んだ剃刀（かみそり）や鋏（はさみ）の引き出し。荒櫛（あらぐし）、梳櫛（すきぐし）、鬢櫛（びんぐし）など色々な形の櫛が納められた引き出し。幾種類かの髢（かもじ）（つけ毛）が納められたり、鬢（びん）付け油（あぶら）の壺が綺麗に並んだ引き出しもあった。

男は一丁の剃刀を手に取ると油紙を外し、刃を爪に当てたり、片方の目でじっくりと研（と）ぎの具合を確かめたりした。

具合のいい剃刀を一丁選んで台箱の上に置き、板敷に座った松之助の首まわりに手拭いを垂らす。そして、髷（まげ）を結った紐を鋏で切ると、荒櫛で梳（す）きながら髪をザンバラにする。

男は手際よく月代を剃り、ザンバラ髪をまとめて引き上げ、髷を作ると、後頭部の髱を膨らませた。小半刻（約三〇分）もかからずに作業は終了した。

「はい、終わったぜ」

男がホッとしたように言う。

松之助は自分の月代を撫で、

「見事なものです。切り傷もまったくありません」

と言った。

「体は覚えてるもんだねぇ」男は笑みを浮かべた。

「心配してたんだが、剃刀を持ったらひとりでに手が動いてた」

「髪結いをしていたってのは本当だってことは分かった。台箱は貸してやるよ。今、使ったやつでいいかい？」

「ありがたい。これで結構だよ」

男は頭を下げる。

「何日借りてぇ？」

庸の問いに男は指を折って考える。

「とりあえず、十日」

「では、まず月代を剃っていただいたお代を」

松之助は小銭を男に渡す。それから十日分の損料（借り賃）を告げた。

男は懐から銭袋を出し、一枚一枚数えながら並べた。

「はい、確かに」

松之助はその銭を拾い集めて、帳場机に置いた。

「じゃあ、在所と名前を書いてくれ」

庸は松之助に帳面を渡し、松之助は硯、筆と一緒に板敷に置いた。

男は筆を取って書き込む。

堺町　寿長屋　煮売り屋　庄介

すらすらと書いたから偽りはないだろう。

だが、松之助の月代を剃る前の態度がどうも気にかかる。

「なぜ煮売り屋をやめて、髪結いに戻るんだい？」

庸は訊いた。

「煮売り屋だけでは食っていくのがせいぜいだからな」

庄介は、またおどおどした態度になる。

「ふーん。だけど何年も煮売り屋をしてたらお得意さんもいるだろう。そいつらが困るんじゃないのか？」

「しばらくの間は両方やるよ。お得意さんにはちゃんと話をして、少しずつ煮売りの仕事を減らすつもりだ」

「そうかい——。それじゃあ、まぁ頑張りな」

庸は言った。

庄介は台箱の取っ手を持ち「借りて行くぜ。十日したらちゃんと返しに来る」と言って、そそくさと出て行った。

綾太郎が帳場の奥の小部屋から出て来て帳面を覗(のぞ)き込む。

「堺町だったら、おれたちの長屋がある葭町(よしちょう)のすぐ近くだ。様子を見ておこうか？」

綾太郎たちの住む長屋は、蔭間ばかりが集まっているから〈蔭間長屋〉と呼ばれていた。葭町には蔭間茶屋——、男娼に仕事を斡旋(あっせん)する店が多い。その男娼たちの元締の一人が、子飼いの蔭間たちのために用意した長屋であった。

「うん、そうだな。頼もうか」

「それじゃあまず、在所が本当か確かめて来る。帰りに葭町へ寄って、誰かつくよう言ってくる」

綾太郎は立ち上がった。

二

綾太郎が両国出店を出た時には、すでに庄介の姿は通りになかった。しかし、在所は堺町だと分かっている。そこまでの道筋は幾つもあるが、堺町の寿長屋へ行って、庄介の出入りを確認すればいい。

綾太郎は両国出店の正面の横山町の通りを駆け、浜町堀を渡って通旅籠町（とおりはたごちょう）を過ぎたところで左に曲がった。

そのまま真っ直ぐ進み、葭町の一つ手前の辻を右に折れる。

その通りの左右が堺町であった。

庄介の後ろ姿が前方にある。

往来する人が少なかったので、綾太郎は慌てて路地に身を隠し、庄介の動きを見る。

庄介は左の木戸（きど）へ歩き、くぐった。

綾太郎は木戸まで移動する。

庄介は棟割り（むねわ）長屋の一番奥の腰高障子（こしだかしょうじ）を開けて、中に入る。

綾太郎は木戸の梁（はり）にぶら下がった名札を見る。〈寿長屋〉の文字と、〈煮売り屋　庄介〉の名があった。

庄介は在所も名も偽っていなかった。

綾太郎は小さく頷いて、路地に飛び込み、すぐ裏の葭町に出た。

〈蔭間長屋〉に駆け込むと、勘三郎(かんざぶろう)の部屋の腰高障子を叩いた。

今朝、今日は仕事の予定はないから寝て過ごすと言っていたからである。

「勘三郎。ちょいと頼まれてくれないか」

と声をかけると「へい」と返事があって、腰高障子が開いた。痩せて小柄な中年男が顔を出す。

綾太郎は事情を話す。

「庄介は煮売り屋と、これからは髪結いの出職(でしょく)もする。どっちに出かけたかも留書(とめがき)しておいてくれ」

「二足の草鞋(わらじ)でござんすか。働き者でござんすね――。承知しました」

即答すると、元盗賊という前身をもつ勘三郎は身ごなし軽く外に出て木戸から駆け出した。

❖

庄介が両国出店から台箱を借りて行って五日が過ぎた。

綾太郎の仲間たちが、交代で見張っていて、両国出店が店仕舞いした後に報告に来ていた。

その日の見張りは勘三郎であった。空に星が瞬く頃、降ろした蔀戸(しとみど)の潜(くぐ)りを叩いて、土間に入った。

庸は帳場机に手燭を灯し、帳簿の確認をしていた。松之助は本店に戻っている。

「お疲れさま」

庸は手焙の鉄瓶で茶を淹れ、用意していた落雁を銘々皿に載せて板敷に出した。

「恐れ入りやす」

勘三郎は拝む手つきをして湯飲みを取り、茶を啜った。

「どうだった？」

「煮物を売って長屋へ帰る――。最初の日と同じでござんすよ。もっとも最初の日は、ここから台箱を借りて、長屋に戻り、昼飯を食って商売に出たんですが」

「次の日は朝、煮物を売りに出て、昼飯を食いに戻り、煮物を足して昼過ぎから出かけて夕方帰る――。三日目、四日目も同じ。髪結いに出かける様子はねぇ」

庸は首を傾げた。

「度胸がつかないんでござんしょうかね」

勘三郎は懐から半紙を二つ折りにした物を出し、庸に渡した。今日の庄介の行動を留書したものである。

「うん……」

庸は、今日までに見張りの蔭間たちから渡された留書を文机に並べた。

「堺町から出て、昼までは江戸橋、日本橋の北辺りを売り歩き、昼からはさらに北へ歩いて東神田の白壁町辺りで引き返して来るか――」庸は庄介が歩いた町の名前を眺める。

「髪結いをしそうな気配もなかったかい？」

「へい。昨日、昼間の仕事がなかったんで、ちょいと庄介の部屋に忍び込んだんでござんすが、ここから借りた台箱は隅に風呂敷をかけて置かれていやした」

「うーん。どういうつもりだろう」

庸は腕組みした。そしてもう一度留書に目を向け、眉をひそめた。

「毎日名前が出てくるのは堺町と白壁町か」

「堺町は庄介の長屋がある町でござんすからね」

「白壁町は？」

「そこで引き返すと決めているからじゃないですか？」

「昼前の商売で引き返した町は別々だぜ」

「瀬戸物町が二回ありやすよ」

「白壁町は毎日だ」

「お庸さんが気になるって仰るなら、明日の見張りに、庄介が白壁町で引き返してくる理由を探らせやしょうか？」

「うん。白壁町に入ってからの庄介の様子をよく見ておくようにって言ってくれ」

「白壁町に入ってからの庄介の様子でござんすか――」

勘三郎は小首を傾げ、眉根を寄せる。

「何かあったかい?」

「いや、何かあったってほどのことじゃございませんが、思い切りがよかったかなと」

「思い切りがよかった? どういうことでぇ?」

「へぇ。白壁町に入ったと思ったら、急にクルリと踵(きびす)を返し、スタスタと帰り道を辿ったんで」

「その先に行きたくなかったか――」

「そりゃあ、考え過ぎじゃございませんか? 『あっ、白壁町だ』って気がついて引き返したとか」

「煮物はまだ残っていたんだろうか――」

「帰ってから七輪(しちりん)で温め直して夕飯にしてましたが、そんなにたくさん残っているようには見えやせんでした」

「そうかい――。考え過ぎかもしれねぇが、明日の見張りには白壁町の先をちょいと調べて欲しいと伝えてくれ」

「何を調べるんです?」

「何か気になる物がねぇかどうかだよ」

「そう仰られてもねぇ」勘三郎は困った顔で後ろ首を搔(か)く。

「お庸さんには気になっても、ほかの者は気づかねぇこともございんす」

「そうだよなぁ……」

　庸は自分が見張るのが一番だとも思ったが、店主がしょっちゅう店を空けていては商売に差し障る。そうならないために、蔭間長屋の連中に追いかけ屋を頼んでいるのだ。

「それじゃあ、明日は綾太郎さんに行ってもらうことにします。おれたちの中じゃあ、綾太郎さんが一番勘がいいから」

「綾太郎に仕事が入っていなかったらそうしてもらおうか」

「綾太郎さんが駄目ならおれが行きやす。綾太郎さんの次に勘がようございやすから」

「すまねぇな」

「お庸さんの推当（推理）を聞いておきとうござんす。何に気を配ればいいかの手掛かりになりやすから」

「まだはっきりと見えているわけじゃあねぇんだが――。庄介の動きから、白壁町の先に、本当は行きてぇところがあると思うんだ。だがどうにも思い切れねぇ」

「台箱も白壁町の向こうにある何かに関わりがあるんで？」

「だったら台箱を持って行きそうなもんだが――。結びつけるにゃあ、手掛かりが少ねぇ」

「なるほど。それじゃあ、もう少し手掛かりが見つかるよう気張りやす」

勘三郎は言って、頭を下げると土間に降りた。

「ご馳走さまでございやした」

「手間を掛けるがよろしく頼むぜ」

「へい」

ニッコリと笑うと勘三郎は潜りを出て行った。

庸は帳簿の確認を終えると戸締まりをして二階の寝所に上がった。

三

翌日の夕刻、綾太郎が訪ねて来た。

「庄介は長屋に戻って夕飯を食い始めたから、見張りを終えて来た」

綾太郎は板敷にあぐらをかいて松之助の出した茶を啜りながら言った。

帳場の裏の部屋から風采の上がらない中年男が出て来て座る。名は締造（しめぞう）、蔭間長屋の住人で、今日の追いかけ屋であった。

「庄介は髪結いに出かけたかい？」

庸は訊いた。

「それがなぁ」綾太郎は困ったような顔をする。

「昼までは江戸橋、日本橋の北側で煮売りの商売をしてた。だが昼、家に戻った後、堺町から北へ向かったんだが、天秤棒も担がず、台箱も持たずだったんだ」

「用足しにでも行ったんですか？」

松之助が訊く。

「うん――。おれもそう思った。だけどいつも引き返す白壁町を通り過ぎ、平永町まで行って、引き返して来た」

松之助が眉をひそめる。

「何もせずに？」

綾太郎は頷く。

「何もせずに」

「庄介の出で立ちは？」

庸が訊いた。

「いつもの着物に股引、尻端折りして頬被り」

「頬被りはいつもしてたか？」

「おれが見張りをしてた時にゃあしてませんでした」

と締造が首を振る。

「おれが見張っていた時もだ」綾太郎が言う。

「頬被りが重要なのか？」

「わざわざ頬被りをするのはどんな時でぇ？」

「お天道さんがギラギラしてる時」

締造が言う。

「人に顔を見られたくねぇ時」

言って綾太郎は顎を撫でた。

「じゃあ、煮売りの天秤棒を担がずに行ったのはなんでだと思う？　昼から夕方までの売り上げを棒に振ってもいいほど、庄介の暮らしは楽じゃあるめぇ」

庸は訊く。

「邪魔だったんですかね」

松之助が言った。

「もう一声」

庸は指を立てる。

「ああ」綾太郎は頷いた。

「煮売りの天秤棒を担いでりゃあ、買いたい奴が声をかけるな」

「そう」庸は頷いた。

「白壁町で引き返して来るのは、その先に顔を合わせたくねぇ奴がいるってことだと思う。そいつが煮物を買いたいと思って庄介を呼び止めるかもしれねぇ」

「なら、なぜわざわざ平永町まで行ったんだ？」

綾太郎が訊く。

松之助がポンと手を叩く。

「白壁町から平永町までの間に、顔を見られたくない奴がいる。だけどどうしても確かめたいことがあった――。そういうことですか？」

「たぶんな」

庸は頷いた。

「台箱はどう繋（つな）がる？」

綾太郎が訊いた。

「それだよな――」庸は腕組みをして考え込む。そしてパッと顔を上げて、

「綾太郎、明日も見張りを出来るかい？」

と訊いた。

「いや。明日はちょいと仕事が詰まってる。男と女、合わせて五人ほどお相手しなきゃならねぇんだ」

綾太郎はニヤリと笑う。

庸は顔を赤くして「そ、そうかい」と言った。そして松之助に顔を向けると、

「なぁ松之助。明日一日、店を空けてもいいかい？　重要な手掛かりを摑（つか）めるかもしれねぇんだ」

「何を見てくればいいか言ってもらえれば、追いかけ屋のみなさんだって出来るんじゃないですか？」

松之助は冷たく言う。

「自分の目で見て、見た物から次々に推当を展開していかなきゃならねぇんだよ。話を聞いただけじゃ上手くいかねぇんだ」

庸は松之助のほうへ身を乗り出して言う。

「重要なのは、湊屋の利益です。お庸さんが一日店を空けて庄介さんを追うことが、湊屋にどんな利益をもたらすかですよ」

「そりゃあ、あきらかじゃございませんか」締造が言った。

「お庸さんが焼くお節介は、湊屋両国出店の評判を上げておりましょう」

「けれど、そのせいで力を貸してくれって人も来ます。損料が幾らか決めていないから、ほとんど無償です」

「だけど、それでも儲（もう）けは出てるんでしょう？」

「いいえ。わたしの賃金は本店から出ています」

「三月（みつき）前から三分の一、払ってるじゃねぇか」

庸は口を尖らせる。

「全額出せば、儲けどころか損が出ます」

松之助は首を振る。

「両国出店の評判が上がれば、本店の評判も上がります」締造は負けずに言う。

「言ってみれば、お庸さんのお節介は、引札（ひきふだ）みたいなものです」

引札とは、広告のチラシである。

「本店から出している――」綾太郎が言う。

「お前ぇの賃金の三分の二は引札代だと思えばいいじゃねぇか」

「うーん……」

松之助は言葉に詰まる。

「本店の主、清五郎さんが黙ってお前の賃金の三分の二を出しているのは、そういうつもりもあるんじゃないのかい？　もしかしたら道楽かもしれねぇが、湊屋の損になると思やぁ、『もうやめとけ』ととめるだろうよ。だったら清五郎さんに何か言われるまでは続けてもいいんじゃないかい」

「いや」松之助は反論する。

「ウチの旦那は、お庸さんが気づくまで待っていらっしゃるのかもしれません」

「気づいてお節介をやめるのをか？」

「やめるとまでは言いませんが、少し抑えるのをです」

「その少しってのはどのくれぇだい？」

「どのくらいって……」

「はっきりと一尺とか五寸とか言えねぇんなら、それはお前ぇさんの尺度じゃねぇか。清五郎さんがやめろって言うんなら、それは湊屋の主としての言いつけだ。出店の店主であるお庸ちゃんは従わなきゃならねぇ。だけどお前ぇは」

「手代です」

「そう。立場としては下だ。けれどお庸ちゃんはお前にお願いをした。どうしても必要なことだから店を空けさせてくれってな」

「うむ……」

「おれは以前のことは知らねぇが、お庸ちゃんのこった、どうせ何か気になることがあれば後先考えずに飛び出してたんだろう？」

　綾太郎が言うと庸は「まぁな」と渋い顔をした。

「だったらずいぶん育ったじゃねぇか。松之助さん、お前ぇさんに店を空けさせてくれって頼んでいるんだぜ」

「そうですね」松之助は溜息をついた。

「最初の頃を思えば、ずいぶんお育ちでございます」

「お前ぇさんはお庸ちゃんを一人前に育てる役目も担ってるから口うるさく言うんだろう。だったら、お前ぇさんももうちょいと大人になって、手綱を引いたり緩めたりの加減を考えたらどうだい」綾太郎は言葉を切り、庸を見る。

「お庸ちゃん。庄介は何か問題を抱えてるんだろ？」

「うん。それが何かはまだはっきりとは分からねぇがな」

「だけどお前ぇさんに力を借りようとしているんじゃなく、自分でなんとかしようとしてる。だったら、たとえば、そういうこともしねぇでお庸ちゃんの力を借りに来る奴は断って、自分でなんとかしようとしてもどうにも出来ねぇ奴だけを助けるとかさ。お庸ちゃんもちゃんとした尺度を持ってお節介をすりゃあ、松之助さんも納得するんじゃねぇのかな」

「うん――」言いながら、庸は綾太郎と松之助の顔を覗き込む。

「面白ぇ謎に行き当たったら、首を突っ込んでみたくなるんだけど」

「大人になってお答えしますが」松之助が言う。

「時と場合によりますね。梅雨時の雨具、寒くなってきた頃の綿入れ、書き入れ時にそんなことで店を空けられるのは困ります」

「うん……、分かった。で、明日、庄介を見張る件は許してくれるかい？」

「いたしかたありませんね。いつものように、店番はいたしますので、行ってらっしゃいませ」

「ありがてぇ。恩に着るぜ」

庸は松之助に手を合わせ、次いで綾太郎、締造にも手を合わせ、頭を下げた。

綾太郎と締造、松之助は顔を見合わせ、一方は嬉しそうな笑みを、一方は苦笑を浮かべた。

四

翌朝、庸は松之助が本店からやって来るとすぐに店を出た。往来の人々に紛れるために、湊屋の半纏と裁付袴はつけず、黄色の地に橙の格子縞の小袖姿であった。

朝霧の漂う町を駆け足で堺町へ向かう。

河岸（かし）から魚を調達した棒手振の魚屋や、店の前を掃除する小僧、普請場（ふしんば）に向かう大工――。霧の紗幕（しゃまく）の向こうには結構な数の人々が一日の営みを始めていた。

寿長屋の木戸が見通せる路地に身を潜め、庄介が出て来るのを待った。

小半刻も待たずに、庄介が天秤棒を担いで木戸から出て来た。六十間河岸を歩き、親父橋を渡って堀江町に出る。真っ直ぐ進めば荒布橋（あらめばし）。その向こうは江戸橋の北詰である。

庄介は江戸橋と日本橋の北側の町々を歩き、売り声を上げた。

流している時の売り上げもそこそこあったが、やはり商売の中心は、毎日訪れる長屋であった。売り声を聞いたおかみさんたちが、小鉢を持って待ち構えていて、庄介の煮物はよく売れた。

昼頃にはほとんど売り尽くして、庄介は堺町に戻った。

昼までの庄介の動きに、不審なところはなかった。

庸は屋台の蕎麦屋に飛び込んでかけ蕎麦をかき込むと、庄介の長屋の木戸が見渡せる路地に戻る。

しばらくすると庄介が木戸を出て来た。天秤棒は担がず、手拭いで頰被りをしている。何やら思い詰めたような表情である。

庄介は北へ向かって歩き出した。

どこへも寄らず、真っ直ぐ前を向いて歩いていた庄介だったが、白壁町に入ると落ち着きがなくなった。

背中を丸めて左右を窺うような様子で、通りの真ん中を歩いている。時々、往来する人の陰に隠れるような動きを見せた。

知り合いが多い町なのかもしれない――、と庸は思った。

町の真ん中辺りまで来た時、庄介の顔がしばらくの間、左側を向いた。歩みにつれて、顔は後ろを向いていく。

歩きながら、一軒の店に視線を向けているのだった。

その店を見て、庸は小さく頷いた。

「そういうことかい――」

庸の頭の中で、幾つかの手掛かりが繫がっていく。

庄介は松田町まで来ると、クルリと向きを変えて来た道を戻る。松田町は昨日引き返した平永町の一つ手前の町である。用心のために、その店を通り過ぎてずいぶん先まで歩いていたというわけか――。と、庸は納得した。

庄介はまたあの店に視線を向け、通り過ぎると背中を丸めて南に歩いた。

庸は近くの茶店に入り、出て来た小女に団子を注文しながら、あの店――、小さな髪結い床に関する話を聞き込んだ。

❖

空がまだ青いうちに帰って来た庸を見て、松之助と綾太郎は驚いた顔をした。

「ずいぶん早かったたな」

綾太郎は、松之助に代わって帳場に入った庸に言った。

「おおよそのことが分かったからな――。お前ぇこそ早かったじゃねぇか。今日は五人の客の相手をしなきゃならなかったんだろ？」

「仕事の合間に覗きに来たんだよ。お庸ちゃんのことが気になってな。で、何が分かった？」

「うん――」

庸は綾太郎と松之助を見ながら、見張りで分かったことを語った。

「なるほど、そういうことでございましたか」

松之助は庸の話を聞き終えて頷いた。

「で、どう落着させるつもりだい？」

綾太郎が訊く。

「背中を押してやるのさ。せっかく貸した台箱が無駄にならねぇようにな」

「おれたちが手伝えることは？」

「今回はねぇな。おいら一人で充分だ。半刻（約一時間）もかかるめぇが出かけていいよな？」

庸は松之助に訊く。

「仕方がございませんね」松之助は肩を竦（すく）める。

「どう背中を押したらいいものやら見当がつきませんから、わたしでは代わりになりません」

「それじゃあ、今から行ってくるぜ」

庸は帳場を出て土間の草履（ぞうり）を突っかけ、外に出た。

❖

「ごめんよ。湊屋両国出店のお庸だ」

庸は庄介の部屋の外から声をかけた。

『台箱を返すのは五日、六日後のはずだぜ……』

中から慌てたような庄介の声が聞こえた。

「その通りだ。ちょいと話をしに来たんだよ。入（へ）ぇっていいかい？」

『ああ……』

庄介の返事を聞いて、庸は腰高障子を開けた。

四畳半一間の部屋である。擦り切れてはいたが、畳は敷かれていた。奥の壁際に枕(まくら)屏風(びょうぶ)が立てられていて、向こう側には夜具が置かれていたようだった。その横に、風呂敷をかけた四角い物が置かれている。勘三郎が忍び込んで確認した台箱であろう。

「使ってねぇようだな」

庸は三和土(たたき)に立ち、顎で風呂敷をかけた物を差した。

「そんなことはねぇよ……」

庄介は狼狽(うろた)えたような口調で言う。

「風呂敷がうっすら埃(ほこり)を被ってるぜ」

「長屋の連中の髪を整えてやった」

「じゃあ、訊いてみようか？」

庸が言うと、庄介は俯(うつむ)いた。

「せっかく借りた台箱をなぜ使わなかったのか、理由を聞かせてもらいてぇな」

「借りたんだから、使おうが使うめぇがおれの勝手だろ。銭は払ってるんだから、放(ほ)っといてくれ」

庄介は怒ったように言う。

「放っとけないから来たんだよ」

「知ったようなことを言うな」

「推当てたんだよ。お前ぇさん、どこかの髪結い床で髪結いをしてたろ」

追いかけ屋や、庸自身が探ったということを隠して言う。庄介の事情を思えば、しばらくの間つけまわして身元を調べたなどと言うのは気の毒だと考えたからである。

出来れば庄介の口から話すよう導きたい――。

庄介はギョッとしたように庸を見る。

「推当てたって……？」

「借りに来た時に言ったろう。貸し物を不届きな目的に使おうとする奴がいるから用心してるんだって。だから、客の様子から色々と推当てるんだよ――。で、おいらはお前ぇさんはどこかの髪結い床にいたと推当てた。それで何か事情があり、出奔した。その後、旅役者の一座に入ったことは本当だとしよう。江戸に戻って来てから、自分の大切な人に、大きな出来事があることを知り、自分の手でその髪を整えてやりてぇと思った。それで、両国出店に台箱を借りに来た」

庸は言葉を切って、庄介の反応を見た。

目を見開き、口を半開きにしている。

「もしかすると、その大切な人は患っていて、もう長くねぇのかもしれねぇな。だから最後の恩返しで髪を整えてやろうと思ったとか――」

庸は、あえて見当違いの推当を語った。

た。

「違うよ」

庄介は即座に首を振る。しかし、続けて事情を話そうとはせず、口を閉じてしまった。

「違ったとしても、大切な人の髪を整えてやろうと考えて台箱を借りたが、どうにも踏ん切りがつかねぇってのは当たっているだろうが。その大切な人に不義理をしてしまったから、行きづれぇのか？」

庄介は返事をしなかったが、表情は図星を突かれたことを示していた。

「おいらに出来ることがあれば、手伝うぜ」

「なんで首を突っ込む？」

「さっきも店の者に言って来たんだけどよ。せっかく貸した品物が、何の役にも立たずに返されるってのはもったいねぇと思ってさ。大きな出来事は、あと数日以内にあるんだろ？　だから十日借りてぇって言った。それを逃せば、永遠に機会を失うんじゃねぇのかい？」

庸が言うと、庄介の肩が落ちた。ささくれた畳に目を落として溜息をつく。

「おれは白壁町で、女房のおたかと一緒に髪結い床を営んでいた。呼ばれれば台箱を持って髪結いに出かけた。おたかは専ら店で髪を結っていた。七年前、ある旅芝居の一座から声がかかった。床山が急な病で死んじまったから、代わりが見つかるまで助けてくれって言うんだ。道具は楽屋にあるからということで、台箱は持たずに出かけた」

　床山とは、役者の髪を整えたり、鬘の世話をしたりする者のことである。

「十日ほど泊まり込みで床山をした。その間に、飯炊きをしていた小娘といい仲になっちまった。で、その一座が江戸を離れる時、小娘はおれの腕の中で『離れたくない』って言いやがるんだ」

「それで、一緒に江戸を離れたのかい」

　庸は言った。白壁町の茶店で聞き込んだ話と一緒だった。あの辺りでは有名な話で、庄介の顔を知る者も多いようだった。だから、白壁町を歩く時、煮物を買いたいと声をかけられないように天秤棒を持たず、顔を見られないように頬被りをして歩いたのだ。

　江戸に戻ってからの商売に、廻り髪結いを選ばなかったのは、同じ商売をしていれば、ひょんなことから女房のたかに知れるかもしれないと考えたからであろう。

「ああ。たかと娘、おみねを置いてな――。髪結いの亭主って言うだろう？　女房の稼ぎで食っていけるから、亭主は働かなくなる。つまり、おれがいなくても、女房も子供も食いっぱぐれることはねぇ」

「ひでぇ男だな」

　庸は鼻に皺を寄せる。

「ああ、ほんとにひでぇ男だ」

「それで、江戸に戻ったのは、ウチに来た時に言っていた通り、座長が死んで一座が離散したからかい？」

「一つ、言わなかったことがある」

「小娘に袖にされたかい」

庸が言うと、庄介は自嘲するように唇を歪める。

「ああ。もっと若くていい男を見つけてな。女ってのは男を知ると、変わるもんだなぁ」

「人によりけりだろうよ」

庸は突っ慳貪に言う。

「その小娘が一座を逃げ出した後、座長が死んだ。その後のことは本当だ」

「で、なぜ台箱を借りに来た？」

「白壁町の隣、紺屋町に煮売りのお得意さんがいるんだが、その人がウチの女房の髪結い床に通ってた。もちろん、おれが亭主だなんて知らないが、時々、ウチの様子を聞いてたんだ」

「その人から何か聞きつけたのかい？」

「そうだ。おみねがさぁ、嫁に行くんだとよ」庄介の顔が泣きそうに歪んだ。

「だから、せめて、綺麗に髪を結ってやりたいと思ってさ——」

「だけど、今さらどの面下げて帰るんだって考えると、踏ん切りがつかねぇってわけか」

「その通りだ」

　庄介は長く息を吐いた。

「家は髪結い床なんだから、道具はあるだろうが」

「出奔した奴が、家の道具を使えるかよ。汚らわしい手で触るなって言われるかもしれねぇ」

「なるほどな。だけどよう。行かなきゃ一生後悔するぜ」

「だよなぁ……」

「いつだったか、似たような馬鹿親父が物を借りに来たぜ。そいつは故郷に妻子がいるのに、江戸に出て来て所帯を持った。で、何年か経って、江戸に自分を探しに来た妻子を見かけた。声をかけるにかけられず、隠れて様子を見続けた」

「で、その馬鹿親父はどうなった？」

「結局、妻子を訪ねることなく消えたよ」

「そうかい……」

　庄介は唇を嚙む。

「他人(ひと)のことはどうでもいいだろう。肝心なのは、お前ぇさんがどうしたいかだ。今行かずに、一生後悔している自分を想像してみなよ。心の中にいつまでも治らずにジクジクと血を流し続ける傷を作ることになる」

「うん。そうだろうな……」

庄介は項垂（うなだ）れる。

「それじゃあ次に、行って土下座して、娘の髪を結わせてくれって頼んだところを想像してみな。例えば、女房にほっぺたを二発、三発張られて、店の外に放り出されたとしよう。その後の心持ちはどうだろうねぇ」

庸に言われ、庄介は胸に手を当て目を閉じた。

「なんだか、スッキリしてるな」

庄介はポツリと言う。

「そりゃあ、けじめがついたからだろうよ」

庸は静かに言う。

「けじめか――」庄介は目を開けて庸を見る。

「お前ぇみてぇな小娘に、人の世の道（人生）を教わるとはなぁ」

「そんな大それたことじゃねぇよ」

庸は笑った。そして『今から行こうぜ。おいらがつきあってやるからさ』という言葉を飲み込み、庄介に背を向け、腰高障子を開けた。

「それじゃあ、台箱を返す日を忘れるんじゃないぜ」

言うと、庸は障子を閉めた。

庸は聞き込みで、庄介の女房は『亭主は備中（びっちゅう）の親戚の店を手伝うために出かけている』と言っているということを知っていた。

庄介の面子も、自分たちの評判も傷つけない嘘をついているということは、庄介にも浮かぶ瀬があるかもしれないと庸は思っていた。

五

しかし、次の日も、その次の日も、庄介は両国出店に現れなかった。

庸は、『あとは庄介に任せればいい』ということで、見張りはつけなかった。

庄介が白壁町の髪結い床へ行ったかどうか気になり、ヤキモキしたが、庸はじっと我慢をした。

庄介が台箱を借りに来て十日が過ぎた。

庸は時々、帳場から首を伸ばして、外に庄介の姿を探した。

昼近く、矢ノ蔵の前を歩いて来る庄介の姿を見つけた。右手に台箱を提げている。

汚い着物と伸びた月代はそのままだった。

もし、女房の髪結い床へ行ったのなら、月代を剃ってもらい、こざっぱりとしているかと思ったのだったが――。

庸は、よくない結末を予想しながら、居住まいを正し、庄介が店に入って来るのを待つ。

土間にいた松之助は庸の様子を見て、外に目を向け、

「来ましたね」

と小声で言った。

「来たかい」

帳場の裏で綾太郎が呟く。

暖簾を上げて土間に入って来た庄介に、

「よぉ。返ぇしに来たな」

庸はさりげない様子を装って言った。

「どうだったとは訊かないのかい？」

庄介は台箱を板敷に置きながら座った。

「おいらは台箱を貸しただけだからな——。言いたきゃ言えばいいし、言いたくなきゃ、言わなきゃいい」

「昨日、女房の髪結い床へ行った」

「ずいぶんギリギリだったな」

「まぁな——。客がいねぇ店仕舞い間際を狙ってさ。それで、土間に土下座して、『今まですまなかった。娘の髪を結わせてもらいたくて、戻って来た』と言った」

「女房はなんて言った？」

庄介は何かを堪える顔になって、口をへの字に結んだ。

「一言、『お帰り』って」

庸は、胸に熱い物がこみ上げ、鼻の奥がツンと痛くなるのを感じた。

庄介はわずかの間、黙った後、言葉を続けた。

「まるで七年間のおれの不在がなかったかのように言うんだよ」

「娘は？」

「ニッコリ笑って『お父っつぁん、綺麗に仕上げておくれよ』って」

庄介の目から涙がこぼれた。

「女房は、立派に育てたんだな」

庸は洟（はな）を啜り上げる。

庄介は涙を拭きながら昨夜の出来事を語った。

◆

早めに店仕舞いして、蠟燭（ろうそく）を灯した仕事場で、庄介とたかは並んでみねの髪を梳（と）かした。

「咎（とが）められもせずに家へ上げてもらえるとは思わなかった」庄介はしみじみと言った。

「今まで何をしてきたのか、訊かねぇのか？」

「喋りたいんなら、あとから聞いてあげるよ」

たかは微笑みながら言う。

「二、三発、頬っぺたを張られて追い出されることも覚悟してた」

「叩かれたいなら、あとから気が済むまで叩いてやるさ――。まずはみねの婚礼。『亭主は備中の親戚の髪結い床を手伝いに行っているんだが、仕事が忙しくて祝言（しゅうげん）には帰って来られないって』と相手の家に言ってあるんだよ」

「じゃあ、おれはこのままの姿で、台所仕事の手伝いに雇われたってことで、こっそりと晴れ姿を覗き見ることにするよ。こうしておみねの髪に触れることが出来ただけで幸せだ」

「なに言ってんだい。なんとか仕事のやりくりをして戻って来たって言ゃぁいいじゃないか。後から月代と無精髭（ぶしょうひげ）、綺麗に剃ってやるよ」

「そうかい――。すまねぇな」

庄介は鬢付け油を手に取った。

◆

「なんでぇ。月代も髭も剃ってもらってねぇじゃねぇか」庸は言った。

「その格好で来るもんだから、おいらはてっきり上手くいかなかったんだなと思っちまった」

「さっぱりした格好で来るのはなんだか気恥ずかしかったんだよ。これから戻って剃ってもらう」

庄介は照れたように笑い、髪の伸びた月代を撫でた。

「めでたし、めでたしでしたね」松之助は板敷に置かれた台箱を持ち上げながら言った。

「婚礼はいつですか？」

「明日だよ」

「それじゃあ準備もあるだろう。急いで帰りな」

庸は言った。

庄介は頷いて腰を上げる。

「お前ぇさんが背中を押してくれたおかげだ。ありがとうよ」

頭を下げると庄介は店を出て行った。

「よかったですね」

松之助は庄介の後ろ姿を見送りながら言う。

「よかったかどうかはまだ分からねぇぜ」

綾太郎が帳場の裏から姿を現した。

「どういうことです？」

松之助が振り返る。

「庄介の女房が、もし底意地の悪い性格だったら、飛んで火に入る夏の虫。最初は安心させといて、娘の婚礼が終わったら、これでもかってほどの折檻をするつもりかもしれねぇぜ」

綾太郎はニヤニヤしながら言った。

「そんな……」松之助は顔色を悪くする。

「女の人って、そういうことを考えるんですか？」

「お前ぇは女に夢を持ち過ぎなんだよ」

綾太郎は笑った。

「女に限った話じゃねぇだろ。男だってひでぇ奴はごまんといる」庸は綾太郎を睨む。

「だけど、見方を変えれば、庄介は一生かかっても返せねぇ借りを、女房と娘に作ったってこったな。まぁ、自業自得だが、本当に帰って来て幸せだったかどうかは、これからの庄介しだいだろうよ」

庸は帳場机に肘を置いて頬杖をついた。

「あっ、そうだ」庸は綾太郎に顔を向ける。

「庄介が来たから中途半端になっていた獣の祭の話、続きを聞くぜ」

「そんなこと話してたっけ」綾太郎は笑う。

「覚えてねぇな。客の睦言なんか、次の日話のネタにしてあとは忘れちまうよ」

「今の季節で獣の祭と言えば」松之助が腕組みをして、人差し指を顎に当てる。

「獺の祭のことですね」

松之助は自慢げに蘊蓄を語り始める。

綾太郎は帳場の後ろに引っ込み、庸は算盤を振って音を鳴らし「分かった、分かった」と松之助の饒舌を遮った。

暖簾の外で春の雨が降り始めた。

割れた鼈甲櫛

一

暑い日が続いていた。

夕方になっても涼しい風は吹かず、昼間の熱が残って、夜は寝苦しかった。

あちこちから聞こえる蟬（せみ）の声ばかりが元気で、水売りや甘酒売りの声をかき消すほどであった。

ある日の昼下がり、客を見送って店に入ろうとした松之助（まつのすけ）は、路地から顔を出して、こちらの様子を窺う子供に気づいた。

「どうしたんだい？　お使いかい？」

松之助が声をかけると、十歳前後の男の子がおどおどした様子で路地から出て来た。

継ぎだらけの着物を着てはいるが、髪は綺麗に梳（くしけず）られ、顔や首もしっかり洗っているようで垢じみてはいない。貧しくともちゃんとした親に育てられているようだと松之助は思った。

「買い取りもしてるかい？」

男の子は小さい声で訊いた。

「貸し物に使う道具を買い取って欲しいのかい？」

松之助は男の子の背丈に合わせて腰を屈めた。

男の子は頷く。

「名前は？」

「三太」

「どこに住んでるんだい？」

「村松町の長屋だよ」

「そうかい。それで――」

松之助が話を続けようとした時、店から庸が顔を出した。

「どうしてぇ？」

庸は松之助と三太を交互に見る。

「この子は三太っていうんですが、貸し物に使う道具を売りたいんだそうで」

「そうかい――。入ぇりな」

庸は手招きして中に戻る。

三太は松之助に背を押されながら、土間に入った。

「で、何を売りてぇ？」

庸が訊くと、三太は懐から折り畳んだ手拭いを出し、板敷に置いた。開いた手拭いの上に、鼈甲の櫛があった。

黄色い綺麗な櫛であったが、真ん中で真っ二つに割れていた。

「なぜウチに持って来た？」

庸は訊いた。

「古道具屋に断られた」

「なんで？」

「割れてるから」

「鼈甲ってのは割れても直せるんだぜ」

「でも、割れてるから駄目だって言われた」

「ふーん」庸は問いを変える。

「その櫛、どうした？」

「どうしたって……」

三太の目が泳ぐ。

「おっ母さんの物か？　だったらおっ母さんと一緒に来な。相談に乗るぜ。鼈甲の櫛は職人に頼めば綺麗にくっつけてくれる」

「拾った……」

「拾ったんなら、自身番に届けなきゃならねぇだろ」

「だって、割れてるんだ。誰かが捨てたんだと思った」

「古道具屋が買い取らなかったのは、きっと、お前ぇがどこからか盗んで来たと思ったからだよ」

庸が言うと、三太はギョッとした顔をする。

「盗みなんかしてねぇよ！」

三太は叫ぶように言うと、櫛を手拭いに畳み込み、懐へ入れて外へ飛び出した。

「待てよ！　おいらは疑っちゃいねぇよ！　相談に乗るぜ！」

庸はそう呼びかけたが三太は振り返りもせず駆け去った。

綾太郎が帳場の裏から出て土間に飛び下り、草履を引っかける。

「行って来るぜ」

言って綾太郎は三太を追った。

三太は横山町の通りを走った。通塩町の辻まで来たら左に曲がり、そのまま真っ直ぐ進めば村松町である。

しかし三太はそのまま真っ直ぐ通塩町を駆け抜けて浜町堀を渡った。そして、通油町の稲荷の境内に駆け込む。

綾太郎は立木の陰から様子を伺う。

三太は何か迷うように、社の脇の草むらの前を行ったり来たりしていた。

そして、思い切ったように懐から手拭いを出し、中の割れた櫛を草むらに放った。

三太は稲荷を駆け出す。浜町堀を渡り、川沿いを走って橘町の角を曲がり、村松町の小路に駆け込む。そして、長屋の木戸をくぐった。

綾太郎は木戸の柱に身を隠し、三太がどの部屋に入るのかを確認した。路地を挟んで向かい合った二棟の長屋である。右側の真ん中の腰高障子を開けて、三太は中に駆け込んだ。

綾太郎は木戸の梁にぶら下がった名札を確認した。右側の真ん中の名札は、〈仕立物　きく〉とあった。どうやら母子二人で暮らしているようだと綾太郎は判断し、木戸を離れた。

綾太郎は浜町堀に出ると川沿いを千鳥橋のほうへ走る。三太が捨てた櫛を拾っておこうと思ったのだった。

三太の言う、拾ったという言い分が本当だとすれば、それを売って家計の足しにしようと思ったに違いないと、綾太郎は考えたのだった。庸に疑われ、自身番に知らされたら、捕まるかもしれない。だから三太は櫛を捨てた。おそらく、拾った場所に。

三太と母は裕福な暮らしではない。母に大切に育てられているであろう三太は、その苦労を軽くしてやろうという思いを捨て切れまい。

ならば、三太はもう一度拾いに来る。

しかし、その間に誰かに拾われてしまうかもしれない。戻った三太が、櫛が無くなっていると知った時の落胆を考えれば――。

綾太郎は誰かに拾われる前に櫛を取って、預かっておこうと思ったのだった。そして庸に相談し、一番いい方法を考えてもらおうと。

綾太郎は稲荷の境内に駆け込み、三太が櫛を捨てた草むらを探す。

「あれ……」

たいして大きな草むらではないが、掻き分けても飛び出すのは侵入者に驚いた黒や緑の虫ばかりで、鼈甲の櫛は見あたらない。

「誰かが拾いやがったかな……」

綾太郎は舌打ちして両国出店(でだな)へ戻った。

❖

「――そうかい。誰かに拾われちまったかい」

庸は腕組みして鼻に皺(しわ)を寄せた。

庸も綾太郎同様の読みをして、なんとか三太の力になってやろうと思っていたのだった。

「おいらがすんなり買い取ってやらなかったから、三太の運を断ち切っちまったかい」

庸はしかめっ面をした。

「まぁ、仕方ないんじゃないですか」松之助は言った。

「元々、誰かの物だったんだから、三太も諦めるしかないでしょう」

「気の毒なことをしたなぁ。別の方法で力になってやれねぇかな」

庸は帳場机に肘を置き、頬杖をつく。

「何かを恵んでもらったって、三太は喜びやしねぇよ」

綾太郎が言いながら、帳場の裏、追いかけ屋の定位置に入る。

「そんなこたぁ、分かってるよ」

庸はぶすっとしながら言う。

「もし三太が――」松之助が奥へ向かいながら言う。

「助けて欲しかったら、相談に来るでしょ」

「だといいけどな……」

庸の言葉に、松之助は立ち止まって庸に顔を向けた。

「三太の長屋へ行って、『力になるぜ』なんて言っちゃ駄目ですからね」

「度の過ぎたお節介は他人さまのためにも、おいらのためにもならねぇっていう分別はついてきたよ」

「〝ついてきた〟っていうのは〝ついた〟ってことと大違いですから、いちいち釘を刺しておかなきゃ」

松之助は澄まし顔で奥へ引っ込む。

庸はその後ろ姿に舌を出した。

二

江戸の庶民の夜は早い。蠟燭や燈台の油を節約するためである。たいてい、日が暮れるとすぐに床へ入る。

日暮れと共に寝て、夜明けと共に起きる。きわめて健康的な暮らしをしていた。三太の母きくは、蚊帳を張った中で夕餉の後、三太を寝かしつけた。そして瓦灯をともして頼まれていた仕立物を縫う。

瓦灯とは、燈明皿の上に被せる焼き物の覆いで、縦に何本も走った隙間から明かりが漏れる構造だった。行灯よりも安価な照明具である。

腰高障子も流し場の前の小さな虫籠窓も開け放っているが、風は入ってこない。聞こえるのは三太の寝息と外の虫の声、そして布地を手繰る音。時折、燈明の芯がジジッと音を立てる。小さい蛾が迷い込んで来て、蚊帳にとまった。貧しい庶民の常で、安い魚の油を使っていたから部屋の中は魚臭かったが、もう慣れっこになっていた。

半刻（約一時間）ほど縫い物をした後、きくは着物を綺麗に畳み、瓦灯を消して、三太を起こさないように夜具に入った。

深更――。

三太は突然目覚めた。

虫の声が外から聞こえている。

それが突然止んだ。

しんと静まりかえった部屋に、気配があった。

誰かがいる――。

三太は恐怖を感じた。

横目で見ると暗がりの中に母が横たわる影があった。だが、この気配は母ではない――。

背中に何度も悪寒が駆け上がる。

気配は、枕元だ――。

どうしよう。泥棒だろうか。だとすれば、目が覚めたことに気づかれると危ない――。

だけど、ウチに盗む物なんてない。

あっ。おっ母さんの仕立物。あれを盗みに来たんならどうしよう……。

部屋の隅に天秤棒がある――。

三太は家計の助けにするために、天秤棒に籠（かご）をつけて、屑拾（くずひろ）いをしている。その商売道具である。

天秤棒を取って殴りつけ、追い払おう――。

三太はバッと蚊帳をはね除け、寝間着姿で天秤棒を摑んだ。そして蚊帳に戻り、枕元の人影に振り上げる。

振り下ろそうとする手が止まった。

三太の枕元にいたのは、正座した娘であった。

二十歳手前くらいであろうか。白っぽい着物を着た娘が、俯き加減に座っている。

「だ、誰でぇ？」

三太は訊いた。

娘は答えない。

三太は娘の体が青白い光のような靄に包まれているのに気づいた。

「ゆ、幽霊……」

三太は震え上がった。

娘の髪にはあの鼈甲の櫛が挿さっている。

あの櫛はこのお姉ぇちゃんの物だったんだ。おれが拾ったから、ついてきた……。

「ごめんなさいっ！」

三太は天秤棒を置いて、土下座した。額を板敷の上に敷いた筵に擦りつける。

ふっと気配が消えた。

三太は恐るおそる顔を上げる。

枕元に、割れた櫛が置かれていた。

三太は櫛に這い寄り、震える手で取り上げて、脱いで畳んだ着物の上から手拭いを取ってそれを包んだ。

❖

三太は天秤棒と籠を外に置くと、湊屋両国出店の土間に入った。

庸は帳場でハッとした顔をし、三太を見た。

「櫛の話かい？」

庸は団扇（うちわ）で顔を扇ぎながら優しく訊いた。

三太はコクンと頷く。

「聞いてやるから話してみな」

庸に言われ、三太は俯きながら手拭いを出し、板敷に置いて開いた。

割れた鼈甲の櫛があった。

庸はギョッとする。昨日、綾太郎が探しても見つからなかったと言っていた。

三太は捨てなかったのか？

それとも、綾太郎が見つけられなかった櫛を、後から三太が見つけたのか？

しかし、そういうことを三太には訊けない。綾太郎が三太を尾行（つけ）たことまで話さなければならない。それを言えば、三太は警戒するだろうからだ。せっかく自分を頼って来たのだ。警戒すればまた逃げ出してしまうだろう――。

松之助が奥から出て来て、板敷の櫛を見て庸同様、ギョッとした顔になる。庸は口元に指を立て『余計なことは言うな』と合図する。

「話を聞くぜ」

庸は、黙ったままの三太を促す。

「おいらは毎日、近くのお稲荷さんに拝みに行くんだけど、昨日、拝みに行った時にこの櫛を見つけたんだ。草の中に黄色い物が見えた気がして行ってみると、これがあった。これは金目の物だと思って、何軒か古道具屋へ持って行ったけど、どこでも断られて、ここでも断られて、拾った場所に戻したんだ。だけど昨夜――」

三太は枕元に座っていた娘の幽霊のことを話した。

怖がりの松之助は顔をしかめながら、帳場の脇に座る。

「幽霊が出たかい……」

とすれば、これは死人の持ち物。三太が持っていていいことはねぇ――。

「どうすればいい？」

三太はすがるように庸を見た。

「ううむ……」

庸は腕組みして櫛を睨む。

「駄目ですよ、お庸さん」松之助が帳場机の角を掴みながら強い口調で言った。

「買い取るのは反対ですからね」

「なるほど」庸はポンと手を打った。

「買い取ればおいらが持ち主になるな」

「駄目ですってば！」

松之助は悲鳴のような声を上げる。

「やぶ蛇でござんしたね、松之助さん」

帳場の裏から今日の追いかけ屋吉五郎(きちごろう)がニヤニヤ笑いの顔を出す。

「なかなかいい鼈甲だから、割れていてもこれぐれぇは出せる」

庸は銭函(ぜにばこ)から小判を二枚出して、三太に見せた。

三太は顔を輝かせ「そんなに？」と言ったが、すぐに顔を曇らせる。

「でも、おれがそんな大金を持ってたら、おっ母さんは心配する」

「どこかで金をくすねて来たと思ってかい」

「そう」

三太は悲しそうな顔で土間に目を落とす。

「それじゃあ、こうしようか」庸は帳場机で算盤を弾く。

「一両を四千文ってことで数えると、二両で八千文。一日百文払うと、八十日で二両になる。何日かに一回、おいらのところに銭を取りに来れば、一年かからずに二両になる。屑拾いで時々、百文稼ぐくれぇなら、おっ母さんも疑うめぇ」

「だけど、お庸さんが面倒じゃねぇかい？」

三太は庸の顔を覗き見る。

「たいした面倒じゃねぇよ。その間にも、お前ぇから買って直した櫛で損料を稼げるんだ。すぐに元は取れるし、儲けも生む。それに、お前ぇとおっ母さんも助かる」

「駄目です」松之助は頑なに首を振る。

「櫛と一緒に亡魂（幽霊）も買ってしまうんですよ」

「瑞雲に頼んでお祓いすりゃあいいことじゃねぇか」

瑞雲とは、浅草藪之内の東方寺住職である。霊が絡む厄介事で手を貸してもらっていた。

「お祓いの初穂料もかかります」

「お前ぇ、おいらのお節介を商売の邪魔だからって怒るくせに、自分の怖がりを理由に商売の邪魔をするんじゃねぇよ」

「うっ……」

松之助は言葉に詰まった。

庸は、松之助に舌を出し、帳場机の上に紙を広げる。

「待ってな。今、証文を書くぜ」

「ありがとう、お庸さん」

三太は手を合わせた。

「いいってことよ。おいらはお節介が大好物なんだ」

庸はサラサラと証文を書き上げ、

「最初の百文を払うぜ」

と、松之助に紙と紐に通した百文を渡した。

三太は松之助から押し戴くように百文と証文をもらい、銭は懐に、証文は折り畳んで首から下げた守り袋の中に納めた。

「それじゃあ、また来る」

三太は深々と頭を下げて土間を出て行った。

「では瑞雲さんを呼んで来ます」

松之助は土間に降りる。

「まず、本当に幽霊が出るか試してからだ」

庸は帳場から出て、三太が置いて行った手拭いごと櫛を取り上げた。

「試してって……、どういうことです？」

「三太がなんとかおいらに引き取ってもらおうと、作り話をしたってこともあり得る」

「お庸さん、疑ってるんですか？」

松之助は驚いた顔をする。

「疑っちゃいねぇよ。だけど、あり得る話は確認しておかなきゃならねぇだろう。瑞雲のお祓い代は結構な額だ。何も憑いちゃいねぇ櫛を知らぬ顔で祈禱して高い代金をふっかけられねぇとも限らねぇ」

「でも、三太の話した通りだったら、幽霊が出るんですよ」

「枕元に座られるくれぇなんてことないさ。出て来たら、落ち着いて話を聞いてやりゃあいい。聞けば娘が成仏する手掛かりが摑めるかもしれねぇ」

「それじゃあ、今日はまだ明るいうちに本店に戻らせていただきます」

松之助は怯えた顔で頭を下げた。

❖

言葉通り、松之助は明るいうちに本店に戻って行った。

庸は少し心細かったが、暮れ六ッ（午後六時頃）まで商売を続け、客が来なくなったのを見計らって蔀戸（しとみど）を降ろした。

簡単な夕餉（ゆうげ）をすませ、湯屋へ出かけてさっぱりした後、手拭いに挟んだ櫛と手燭を持って、二階の寝所へ上がった。

張りっぱなしの蚊帳（かや）の中に夜具を敷き、窓を開けて、枕元に櫛を置いて手燭を吹き消した。

いつ幽霊が出るかと緊張していたからなかなか寝付けなかったが、いつのまにか寝息を立てていた。

「お庸。お庸」

と肩を揺すられた。

庸はハッとして目を開ける。辺りは暗い。

寝所で寝ていることを思い出し、誰が声をかけたのかと体を捻(ひね)って枕元を見る。

尼削ぎ(あまそ)の髪の幼女が座っていた。赤い花柄の着物を着ている。

「おりょう姉ちゃん――」

それは、生まれる前に死んだ姉のりょうであった。

りょうは今、実家の家神(イエガミ)になるべく隠世(かくりよ)（あの世）で修行中であったが、庸が危険な目に遭いそうな時には何度か救ってもらっている。

「久しぶりだな」

庸は夜具の上に座り直した。

いつも首からぶら下げて懐に仕舞っているお守りを通じて、庸とりょうの霊は繋がっていた。東方寺の住職、瑞雲が授けてくれた物であった。

ここのところ、りょうは修行が忙しかったようで、庸の呼びかけに応えてくれないことが多かった。

「修行が佳境でな。家神となる日も近い」

「そりゃあ、目出度(めでて)ぇ」

「家神となれば、お前ともおいそれと逢えなくなるがな」

「そりゃあ困った……」

「まぁ、実家に戻って来た時には、気配くらいは現してやる」

「じゃあ、別れの挨拶に来てくれたのかい？」

「いや。家神になる日は今日ではない。お前に伝えたいことがあって現れたのだ」

「伝えたいこと？」

「三太から買い取った櫛のことだ」

「相当厄介なものなのかい？」

「厄介だ。関わるのはやめよ」

「姉ちゃんが助けてくれりゃあいいじゃねぇか」

「わたしは実家を守る家神だ」

「まだ家神じゃねぇだろうが——。姉ちゃんが駄目なら、瑞雲のところへ持って行くよ」

「瑞雲でも手こずるだろうな」

「そんなに強(つえ)ぇ悪霊なのか？」

「悪霊ではないが——」りょうは眉をひそめた。

「関われば、お前は知らなくともよい人の業(ごう)を知ることになる」

「知らなくともよい業ってなんだい？」

「ああ——」と、りょうは溜息をつく。

「お前は関わってしまうのだな」

「なに一人で納得してるんだよ。関わっちゃならねぇなら、どうすればいいか教えてくれよ」

「助けようにも助けられない者がいると知ればよい」

「そういうことには何度か出合ったよ」

「三太にはもう近づくな」

「ちゃんと証文を渡したんだ。何日かに一回は銭を取りに来る」

「そういうことではない――」

りょうは長く息を吐くと、静かに消えていった。

「なんでぇ、訳の分からねぇ」

もう一度床に入ろうとした庸は、ハッとした。

枕元に置いた櫛がない。

「えっ？」

庸は敷き布団を捲ってみるが、櫛はない。

「姉ちゃんが持って行ったのかい？」

庸は中空に視線を巡らせて訊く。

しかし、返事はない。

「もしかして……」

庸は急いで仕事着に着替えた。

そして、店を駆け出す。

外は白々と夜が明け始めていた。

庸は三太の住む村松町に走った。
朝の早い魚屋や棒手振たちの人影がすでに町を歩いている。
その中に、小さな子供の姿があった。天秤棒を担いでこちらに駆けて来る。
すぐに三太だと分かった。きっと母親には仕事に行くと言って家を出て来たのだ。
嫌な予感が庸の胸を締めつける。
庸と三太は駆け寄り、立ち止まった。
三太は泣きそうな顔で、「お庸さん……」と言いながら懐の物を出した。
その手には二つに割れた鼈甲の櫛が載っていた。
「戻って来ちまった……。また、あの女が来た……」
「心配するな。おいらがなんとかしてやる。まずは店に来な。朝飯を食おうぜ」
庸は泣きそうな顔の三太の肩を叩いた。

三

庸は三太に手伝わせて飯を炊いた。メザシを焼き、味噌汁を作って、二人は台所の板敷で朝餉（あさげ）を食べた。

その最中に松之助が来て、三太を見て驚いた顔をしたが、すぐに状況を察し、帳場に座った。

「三太」庸は食器を片付けながら言う。

「これから凄(すげ)ぇ法力(ほうりき)を持った坊主に櫛を預けて来る。もうお前ぇんとこに戻ることはねぇぜ」

「あの女が来なくなるんだったら、残りの銭はいらねぇよ」

三太は守り袋から証文を取り出そうとする。庸はそれをとめて首を振った。

「そんなことは心配(しんぺぇ)するねぇ。すべて承知でおいらが買い取ったんだ――。銭を出す代わりに、お前ぇは器を洗っといてくれ」

庸は店に向かう。今日の追いかけ屋の綾太郎(あやたろう)が台所から出て来た庸を見上げる。

「なんだか厄介なことになってるようだな」

「よくあることさ」庸は笑ってみせる。

「今から瑞雲のところへ行って来るんでよろしく」

庸は帳場の松之助にも同じことを言って外に出た。

大川を越えて浅草へ走る。

藪之内の東方寺は小さな破寺(やれでら)のような本堂だが、住職の瑞雲と小坊主が一人住んでいる。

墓所はあるが、檀家は少ない。加持祈禱(かじきとう)で稼いでいるので、瑞雲は暇な日は朝から酒を喰らう日々を過ごしていた。

庸は本堂に上がる。瑞雲は本尊の前に寝そべって通い徳利から直接酒を飲んでいた。

戸をすべて開け放しているので建物の周りを囲む林を抜けてきた風が涼しかった。

「お庸か。厄介なモノを背負ってきたな」

庸が口を開く前に瑞雲はそう言って身を起こした。

「分かるか」

庸は瑞雲に向かい合って座る。

「分からいでか」瑞雲は鼻で笑う。

「おりょうは教えてくれなかったのか？」

「姉ちゃんは今朝方来て、訳の分からないことを言って帰った」

「何と言うておった？」

「関われば、お前は知らなくともよい人の業を知ることになるとか、助けようにも助けられない者がいると知ればよいとか、三太にはもう近づくなとか——。ああ、三太ってぇのは、こいつを拾った子だ」

庸は懐から手拭いに包んだ櫛を出し、板敷に置いた。

「ふむ」

瑞雲は眉間に皺を寄せて割れた櫛を見た。

「おいらが買い取った」

「幾らで？」

「そいつを言やぁ、お前はその値段を元に祈禱料をふっかけて来るに決まってる」

「ということは、相当高額で手に入れたな」

瑞雲はニヤニヤ笑う。

「そんなことはどうでもいい。三太は通油町の稲荷でその櫛を見つけた。古道具屋に売ろうとしたが、どこでも断られたのでウチに持って来た——」

庸は三太から聞いた話を伝えた。

「なるほどな。お前ぇは櫛に嫌われたってわけか」

「おいらんとこにいると、調伏（ちょうぶく）されると思ったか——。だから三太のところに逃げたか」

「それもあったろうな」

「それもってことは、別の理由もあったのか？」

「三太って小僧を使って、遺恨を晴らそうって思いだったんだろうな。お前は操れぬと判断したのだろう」

「遺恨？　誰かに殺された恨みを晴らそうとしてたってのか？　三太に人を殺させようとしてたのか？」

「誰かに殺されたわけじゃねぇよ」

「だって亡魂が——」庸はハッとした。

「生き霊か」

「そういうことだ」

「なぜ生き霊になった？」

「三太の話では、生き霊はお前ぇぐれぇの年頃だ。だとすれば、色恋が原因だろうな。まぁ、お前ぇにはとんと縁がねぇことだろうがな」

瑞雲はゲラゲラと笑う。

「この野郎……。次にからかいやがったら、坊主でもその頭を張り飛ばすからな」

庸は唸るように言った。

「で、生き霊を調伏してぇのか？」

瑞雲は真顔に戻って訊いた。

「このままじゃあ、三太が操られるんだろう？」

「調伏すれば、大元の娘が命を落とすぞ」

「どういうことでぇ？」

「元々が娘の魂の一部だ。それを消し去ってしまえば、娘は魂の平衡を失い、気が触れるとか、重い病にかかるとかで死んでしまう」

「そいつは困ったな……。何か手はねぇのかい？　生き霊を本人に戻してやるとか」

「あることはあるが、そう簡単にはゆかぬ。おれぐれぇの法力では、その娘がどこの何者か分かり、すぐ近くで呪法を施さなきゃ、なんともならん」

「櫛を返してやったら？」

「本人が捨てたのは間違いだったって心から思って受け取れば、生き霊は戻るかもしれぬな」

「そうかい。ともかく、娘を見つけ出せばいいかい」

「見つけても、本人が生き霊が抜け出していることに気づいていない場合もある」

「見つけて納得させればいいかい――。櫛は割れて神社に捨てられてたんだ。櫛に生き霊が宿っていたんなら、本人も何かの心当たりはあるだろう。そして、生き霊が抜け出すくれぇだから、娘も苦しんでいたに違いねぇ。相談に乗ってやって、その娘も幸せになる方法を一緒に考えてやればいい」

「世の中、そんなに簡単ではない。色恋の話となればなおさらだ」

「難しいか難しくねぇかは、本人に事情を確かめてみなきゃ分からねぇだろうが」

「お庸らしい理屈だ」瑞雲は苦笑する。

「で、娘の手掛かりはねぇかい？」

「三太の話によれば、年の頃はおいらと同じぐれぇ。仕立てのいい着物を着ている。わざわざ遠くまで櫛を捨てには行かないだろうから、稲荷の近所に住んでいると思う。何か理由があって遠くに捨てに来たってことも考えられるが、まずは近いところから当たるのが順当だな――。名前は分からねぇか？」

庸が訊くと、瑞雲は目を閉じ結跏趺坐（けっかふざ）して指を組み合わせ、印を結ぶ。何度か印を変えた後、

「いとかさととかそういう名だ」

と言って目を開けた。

「通油町で、いととかさとという名で十八前後。恋に破れた裕福な家の娘か――」庸は立ち上がった。

「娘の目星がついたらまた相談に来るぜ」

「お前ぇが娘を見つけたとしても、目論み通り上手くいくとは限らねぇからな」

瑞雲は本堂を出て行く庸に言った。

庸は振り返りもせずに手を振って山門に向かった。

❖

両国出店に戻った庸は、綾太郎に娘捜しの相談をした。

「ふん。通油町はそんなに広くねぇ。そういう条件の娘ならすぐに見つかりそうだな。今日、暇な奴は三、四人いるから、手配しよう」

綾太郎は言った。

「しかし――」松之助が顔色を悪くして言う。

「瑞雲さんが手こずりそうなんて、恐ろしいですね」

「恐ろしいって話じゃねぇよ。生き霊を本人に戻すのが難しいだけだ。お前ぇに障りが出るようなことにはならねぇから心配するな」

「でも、戻すのが難しいんなら、今のままってこともあり得るわけじゃないですか。

三太がどうなるのかとか、三太が取り憑かれて誰かに害をなすことになるのかとか考えると恐ろしゅうございますよ」

「そうならねぇようにどうすればいいか考えてるんだ」庸は苛々言う。

「今回は人の命に関わるかもしれねぇことなんだ。おいらの動きをとめるんじゃねぇぞ」

「でも……、おりょうさんにとめられたんでしょ？」

「うん……。だけど、姉ちゃんは、おいらの命に関わるとは言わなかった。ならば怖くねぇや」

「でも……」

松之助は心配そうに庸を見る。

「危なそうなことになったら、おれたちが守る」綾太郎が言う。

「腕っ節の強い奴も何人かいるから」

「生き霊が相手なんですよ。腕っ節の強さなんか役に立つものですか」

松之助は綾太郎に怖い顔を向けた。

「足の速ぇ奴もいる。いざとなったら藪之内まで走って瑞雲さんを呼んで来るさ」

綾太郎の言葉に反論しようとした松之助を、庸は指を立てて制した。

「事情も分からねぇうちから、ああかもしれねぇ、こうかもしれねぇって心配ばかりしていてもしょうがねぇ。ともかく、蔭間たちの手を借りて、娘を見っける。何が出来るかとか、どうするかとかは、事情が分かってから考える――。松之助、しばらくは益体もねぇことで口を出すな」

「はい……」

松之助は不承不承頷いた。

「じゃあ、娘捜しの手配をして来るぜ。すぐに戻る」

と言って、綾太郎は店を出て行った。

四

娘の身元は、思いもかけず早く分かった。その日の昼過ぎであった。

聞き込んできたのは元盗賊の蔭間、勘三郎。盗みに入る店の様子や奉公人などを調べるのに慣れていたから、娘の名前、身元、櫛を捨てた事情まで聞き込んで来たのであった。庸、松之助、追いかけ屋の定位置から出て来た綾太郎は、上がり框に腰掛ける勘三郎の話を聞いた。

「娘の名は、さと。在所は、大伝馬町。紙類の小売りを生業とする嶋屋の娘でござんす。そこそこ大きなお店で」

「大伝馬町なら、通油町の稲荷から遠くねぇな」

綾太郎が言う。

「さとには縁談があったんでございんすが――」

「あえて〝あった〟って言ったってことは、破談になったかい」

庸が言った。

「へい。どうやらそのようで」

「相手は？」

庸が訊く。

「本町二丁目、紙問屋美濃屋の跡取り息子、宗一郎。さとはその許嫁だったようで。『宗一郎さんからもらったのよ』と、鮮やかな黄色の鼈甲の櫛を自慢げに挿していたそうでござんす」

「三太が拾ったのはその櫛かい」

「おそらく」

「で、破談になったのは？」

「十日ほど前らしゅうござんす。理由はさまざまな噂があって、ちょいと時が足らず、本当のところを突き止められやせんでした。申しわけござんせん」

「いや、助かったぜ」

庸は帳場を出ながら言う。

「今からお出かけですか？」

松之助が驚いたように言う。

「夜になりゃあ、また生き霊が三太ん所に出る。その前に片付けてぇ」

「美濃屋の宗一郎も探っておきやしょうか？」

勘三郎が訊いた。

「さとがこっちの話にすんなりと頷いてくれりゃあいいが、そうならなければ宗一郎に当たることもあるかもしれねぇ。調べてもらえるとありがてぇ」

庸は草履を突っかけながら言った。

「無駄になったらなったで構いやせん。分かったら嶋屋の近くでお待ちいたしやす」

「よろしく頼むぜ」

言って庸は店を飛び出した。店の正面の横山町の道を真っ直ぐ進めば大伝馬町である。

庸は嶋屋の前で少し迷い、思い切ったように暖簾をくぐった。

「ごめんよ」

庸が土間に立つと、手代らしい男が「いらっしゃいませ」と近づいてきた。

手代は土間に一人、板敷に一人。大番頭らしい男が帳場に座り、番頭らしい二人が板敷の隣の座敷で商談中であった。

「湊屋両国出店の主、庸ってもんだ」

庸は胸を張って、半纏の襟の店名を見せる。

「湊屋さまでございますか——」

帳場の男が板敷に出て来て大番頭の伝兵衛（でんべえ）だと名乗った。

庸は板敷の上がり框に腰を下ろし、小声で、

「実は、これを拾った奴がいるんだ」

と言いながら懐から畳んだ手拭いを出し、小さく開いて見せる。中には割れた櫛があった。

伝兵衛はギョッとした顔をする。

事情を知っているのだと庸は判断し、

「そいつはここのお嬢さんが神社に何か捨てたのを見た」と小声で言う。

「で、行ってみると割れた櫛。どうしたもんだろうかとおいらに相談しに来たのさ」

「左様でございますか……」

伝兵衛は困惑の顔である。

「おいらは湊屋の出店の主。暖簾を背負っているから悪さはしねぇよ。これをネタに強請（ゆす）ろうなんて考えで来たんじゃねぇ。こっそりと返（け）ぇしに来たのさ。何があったのかは噂で聞いてる。お嬢さんが櫛を折って神社に捨てたなんて話が広まったら、尾鰭（おひれ）がついてとんでもねぇ噂が広がるかもしれねぇだろ」

「はい……。お気遣い、ありがとうございます。お話を伺う時はありましょうか？」

「大丈夫だ。店は手代に任せてある」

「それではこちらへ」

伝兵衛は庸を通り土間に誘った。

小さな坪庭から奥の座敷に入る。

庸は八畳の座敷でしばらく待たされた。途中で女中が現れて、茶と干菓子を置いて去った。

茶を二口ほど啜った時、廊下に足音が聞こえ、中年の男と若い娘が現れた。

男は頭を下げて、

「嶋屋幸左衛門でございます」

と言う。続けて娘が「さとでございます」と名乗った。

庸は手拭いを畳の上に置いて開き、割れた櫛を載せたそれを、二人のほうへ押しやった。

二人は櫛を見る。父親のほうは苦々しい顔で。娘のほうは感情を読みとれない表情である。

やはり生き霊が抜けているせいか――。

庸はそう思いながら口を開いた。

「大番頭さんに聞いたろう。これを返ぇしに来たんだ」

「お手数をおかけしました」

幸左衛門は言った。

「お持ち帰りくださいませ」さとは表情を変えずに言う。

「継げば使える櫛でございます。差し上げますから、貸し物にお使いくださいませ」

「そういうわけにはいかねぇよ」

「男に捨てられた女が腹いせに折った櫛だからでございますか？」

　さとの唇に笑みが浮かぶ。

「そういう思いが櫛に宿っているからだよ」

　庸が言うと幸左衛門は眉間に皺を寄せ、さとは小首を傾げた。

「怨念が籠もっていると？」さとは訊く。

「それで持つ者に障りがあるので貸し物には出来ぬと？」

「まぁ、そんなところだな」

「なぜそんなことが分かるのです？」

「拾った奴が見たんだよ」

「何を？」

「お前ぇさんが枕元に座ったんだとよ」

　庸の言葉にさとは笑い出す。

「お前ぇさんにとっては笑い事かもしれねぇが、拾った奴は笑えねぇんだ」

「なるほど」さとは微笑を浮かべたまま頷いた。

「湊屋両国出店のお庸さんはお節介だという話を聞いたことがあります。拾った人があなたさまに泣きついたのでございますね。それで、あなたさまは、厄介な櫛をわたしに返しに来たということでございますか」

「元々はお前ぇさんの物だ」

「様々な思いを込めて――」さとは櫛に目を落とす。

「わたしはその櫛を折りました。そして捨てた。すると不思議なことに、胸を焦がしていたあの苦しい思いが、さっぱりと消え去りました。きっと、櫛と共に悪い憑き物も捨ててしまったのでしょう」

「知り合いの坊主に相談したら、お前ぇさんの魂の一部が櫛に移ったんだとよ」

「そうなのですか。それがどういうことを意味しているのかは分かりませんが、わたしは妄執から解き放たれて、すこぶるいい気分なのです。その櫛を戻されれば、またあの苦しみが還ってくるやもしれません」

「生きていくにゃあ、辛さ、苦しさに耐えることも必要だぜ」

「その櫛がなければ、不要な苦しみに耐える必要もありません」

「だけどよう。拾った奴は夜な夜な、お前ぇさんの生き霊に苦しめられるんだぜ」

「その方はなぜ拾ったのです？　あなたさまのところに持ち込んだということは、さしずめ、買い取ってもらおうと思ったんでございましょうね。清らかなお心で拾ったわけではありますまい。他人さまの物を拾って儲けようとしたのでございましょう。それでわたしの生き霊に苦しめられているなら、これは因果応報と言えませぬか？」

　さとはニッコリと笑う。

「だけど、お前ぇさんが櫛を引き取ってくれれば、そいつは苦しまなくてもいいかもしれねぇんだぜ」

「わたしはどうなります?」さとはキッと庸を見る。

「あの思いが戻ってきたら、わたしは首を括るでしょう。あなたはわたしに死ねと仰るのですか?」

「いや、それは……」

「櫛を盗んで儲けようとした者のために、わたしの命を差し出せと?」

さとは庸に詰め寄る。

「うむ……」

「お庸さん」幸左衛門が言った。

「ご自分が理不尽な頼み事をしているのはお分かりでしょう。娘は苦しみから立ち直るために櫛を捨てた。誰かが拾える場所に捨てたのは娘の過ちと叱りますか? 叱られるべきは、売って金にしようと櫛を拾った者。ならば、そちらに障りがあっても自業自得というものでしょう。さぁ、お引き取り願いましょう」

「邪魔したな……」

庸は唇を嚙み、櫛を手拭いに畳み込んで懐に仕舞った。そして立ち上がり、座敷を出た。

◆

嶋屋を出て来た庸に、勘三郎が歩み寄った。

「いかがでござんした？」

庸はしかめっ面で首を振った。

「残念でござんしたね――。宗一郎のほうは、さとよりも条件のいい娘との縁談が持ち上がって、そっちに乗り換えたようで」

「相手は？」

「さる大身旗本の縁続きの家柄だそうで。お城での商売に食い込みてぇって魂胆のようでござんす」

「ひでぇ話だな」

庸は口を歪める。

「結構な手切れ金を積んだようでござんす」

「櫛に生き霊が乗り移るほどだ。さとのほうは本気だったんだろう。手切れ金なんかじゃ諦めきれなかったかい」

「どういたしやす？」

「無駄を承知で宗一郎に当たってみるか」

「あっしは何をいたしやしょう？」

「藪之内に走って、瑞雲を呼んで来てもらいてぇ。宗一郎のほうも駄目なら、今夜もさとの生き霊が三太のところに出る。生き霊を調伏出来ないまでも、三太に怖い思いをさせない方法が何かあるはずだ」

「がってん承知」

勘三郎は走り出した。

庸は本町二丁目、紙問屋美濃屋を目指して歩き出した。

五

正面から乗り込んでも宗一郎と会うことは出来まい。ならばどうする——。

庸は考えながら歩く。

日本橋から続く大きな通りに出て少し南に歩き、本町二丁目の辻で右に曲がる。

宗一郎が家を出て来た機会を狙うしかねぇか。

だが、一番の問題は、庸が宗一郎の顔を知らないことであった。ちゃんと人相風体を確かめてから動くべきなのだが、そんな暇はない。

身なりがいい若旦那風の男に手当たりしだいに声をかけるしかないか。だが、そういう人相風体の客だっているはずだ。

恥をかいても仕方がない。それしか方法がない——。

夕方まで待って出て来なかったら、両国出店に駆け戻る。そして瑞雲になんとかしてもらいながら一夜をやり過ごし、明日また出かける。そういう手しか思いつかず、庸は美濃屋の前まで来た。

庸は小路に身を潜める。

日は大きく西に傾いている。あと一刻（約二時間）もせずに日は暮れるだろう。

庸は焦りを感じながら宗一郎が出て来るのを待った。

身なりのいい男は何人か出て来た。しかし、若旦那と言うには年を食っている者ばかりであった。おそらくどこかの店の番頭であろうと判断して、庸は声をかけなかった。

小路に身を潜めて小半刻（約三〇分）。

二十歳前後に見える身なりのいい男が出て来た。見送りに出た手代に、「行ってくるよ」と言った声が聞こえた。

こいつだ――。

美濃屋に何人の息子がいるのか確かめてはいないが、当たってみるしかない。

庸は小路を出て男の後を追った。

大きな通りに出て男が左に曲がり、美濃屋から見えなくなったところを見計らって、庸は声をかけた。

「美濃屋の宗一郎さんじゃないか？」

男は立ち止まって振り返り、庸を見ると軽く頭を下げた。

「確かに宗一郎でございますが」

「おいらは湊屋両国出店の主、庸ってもんだ」

「両国出店のお庸さん——。ああ、お噂は聞いております」

男——、宗一郎の口元に少し馬鹿にしたような笑みが浮かんだ。

「それで、何の御用でしょうか？」

庸は宗一郎の側に歩み寄り、小声で言う。

「おさとさんと縒りを戻すわけにゃあいかねぇかい？」

「おさとに頼まれましたか」

宗一郎は唇を歪めるように笑った。

「いや。そういうわけじゃねぇ」

「あなたも商人だったら分かるでしょう」

宗一郎は庸の半纏の襟の文字を見ながら言う。

「商人の婚礼は、相手の家が儲けさせてくれるかどうかで決まるんですよ。おさとの店はウチから紙を仕入れている。向こうは美味しいでしょうが、こちらには旨味の少ない婚礼でした」

「でも、お互い惚れて、婚礼の約束をしたんだろう？」

「確かに。けれど、もっといい条件の縁談が舞い込んだんです。わたしは美濃屋の跡取りですからね。色恋よりも商売が大切です」

「しかし――」

「ちゃんと手切れ金も払って諦めてもらったんです。わたしのほうに落ち度はないはずです。もし落ち度があるんなら、対処いたしますよ」

「落ち度はあるよ。おさとさんは、お前ぇさんへの思いを断ち切れないでいる」

「それはおさとの落ち度でしょう。向こうも商人の娘。ちゃんと手打ち出来たんだから、諦めて別の嫁ぎ先を探せばいい。手切れ金は結構な額の持参金も出せるくらい渡してあります。なんなら美濃屋よりもいい嫁ぎ先が見つかりますよ」

「そうじゃなくて、人の心の話だ」

「人の心？　商人だって人です。わたしは人の心の話をしたつもりでございますよ。世の中、どうしても思い通りにならないことは山ほどあります。諦めなければならないことは諦める。それが本道でございましょう。諦められないのであればその者が悪い。違いますか？」

　宗一郎の言葉は正論であった。

「悪いってのは言い過ぎじゃないかい……」

　庸は抗う。

「じゃあ、なんと言い換えればよろしいでしょう」宗一郎は小首を傾げてみせる。

「諦めなければならないことを諦めきれない者――、そう、『子供じゃないんだから』と言って諫めますから、〝子供〟と言い換えましょうか。世の中は理に従って動いております。我々もそれに従って生きなければなりません。はみ出し者になる度胸がある者は従わずに生きていきましょうが、そうでない者は従うしかありません」

さとはある意味抗った。そして生き霊が害をなしているのだが――、そのことを宗一郎に語るわけにはいかない。話したところで宗一郎の心を動かすことは出来ないだろう。

「ならば、従いたくはないが抗う度胸もないために、自らの命を絶とうとしたなら?」

庸の言葉に、宗一郎は眉を動かした。

「おさとがそうしようとしたのですか?」

「いや……。たとえばの話だ」

「それはその者が選んだ道でございましょう。残された者は『何か出来たはずだ』と悔やみ、ただ手を合わせることしか出来ません」

「自ら命を捨てるかもしれないと分かったら、何か出来るんじゃないか?」

「出来ることと出来ないことがございます。たとえば、わたしがお庸さんと添い遂げられなければ命を捨てると言ったらどうなさいます?」

「それは卑怯な問いだぜ……」

「卑怯でもなんでもありませんよ。あなたは諦めろと仰るでしょう。あなたはお節介だという話ですから、わたしに諦めるよう説得なさるでしょう。だとすれば、おさとがあなたに何か相談したのなら、諦めるようすすめるべきではないですか？」

確かに、さと自身と、さとの生き霊を説得するのが筋であろうと庸は思った。

「すまなかったな……。おいらが声をかけたことは忘れてくれ」

「はい――。わたしとしてもおさとに死なれるのは本意ではありませんから、よろしくお願いいたします」

宗一郎は一礼して歩み去った。

空は茜に染まりかけている。

「いけねぇ……」

庸は走り出す。大きな通りを横切り、本町三丁目に飛び込む。真っ直ぐ進めば両国出店である。

大伝馬町二丁目を過ぎて、通旅籠町に入った時、暗くなり始めた通りを勘三郎が走って来るのが見えた。

「すまねぇ。遅くなった！」

庸が叫ぶと、勘三郎は、

「お迎えに来やした！　三太の家に向かいやしょう！」

と返す。

目の前まで走ってきた勘三郎に、

「瑞雲は？」

と庸は訊いた。

「東方寺に行ったら小坊主が待っておりやして、瑞雲さんは回向のために出かけていると。それで、『お庸さんが生き霊のことで訪ねて来たら、これを渡すようにと言われております』って、こいつを預かって来やした」

勘三郎は懐から四枚の札を出した。

「部屋の四隅、柱にでも貼っておけば、結界が作れるとのことで」

「だけど……、根本的なことを解決出来なきゃ、三太はいつまでも結界の中で夜を過ごすことになる」

「瑞雲さんが明日にでも両国出店を訪ねてくれるそうで。そこで相談しようってことで」

「そうか」庸は舌打ちする。

「まぁ、今夜一晩しのげればなんとかなるな」

「小坊主の話しぶりから察するに、瑞雲さんは、何かいい手を思いついたようで」

「そうか。それなら一晩、頑張ってみるか。お前ぇは葭町へ戻っていいぜ」

「とんでもない。綾太郎さんに、何かあったらよろしく頼むと言われてますんで。本当は綾太郎さんが来たかったようですが、どうしても断れないお客が入ったようなんで」

「すまねぇな。きっと、怖ぇ思いをするぜ」

「覚悟はしてまさぁ。綾太郎さんに怒られるほうがよっぽど怖ぇ」

勘三郎は苦笑いした。

「それじゃあ、行こうか」

二人は浜町堀を渡り、右に曲がって堀沿いを走り、村松町の三太の長屋へ駆け込んだ。

三太ときくの部屋からは明かりが漏れている。

「ごめんよ。湊屋両国出店の庸だ」

開け放たれた腰高障子の脇に立って、中を覗かないように声をかけると、バタバタと足音がして、三太が困惑した顔で庸を見上げる。

「どうして来たんだよ」

三太は小声で言った。

「お前ぇを守りに来たんだよ。おっ母さんには上手く言ってやるから、中へ入れてくんな」

庸も小声で返す。

「三太が何かしでかしましたか？」

中から女の声がする。母のきくであろう。

「いや、三太はいいことをしたんだよ。だけど、ちょっと厄介なことになったんだ。入ぇってもいいかい？」

「どうぞお入りになってください」

女の声が言うので、庸は三太を押しのけるようにして三和土に入った。

「母のきくでございます」

きくはおそらく敷いた夜具を片付けたのだろう、部屋の隅の枕屏風の位置を直し、蚊帳から出て正座し手を突いた。

どこか凛とした雰囲気があって、もしかすると武家か大店の娘であったろうかと庸は思った。

庸が「夜にすまねぇな」と言うと、きくは「お入りになってくださいまし」と応えた。

庸は蚊帳の表面を数回叩いて表面に取りついた蚊を逃げさせると、素早く中に潜り込む。

「あなたさまも」

ときくが勘三郎に言うと、

「手前は大丈夫でございます」

と断り、「奉公人の勘三郎でございます」と言って、一礼して上がり框に腰掛けた。

三太は不安げな顔をしてきくとともに蚊帳の中に入り、その横に座った。

「それで、三太は何をしたのでございましょう？」

「櫛を拾ったんだ。たまたまそこにおいらが通りかかり、『その櫛、どうしたんでぇ』と声をかけた。三太が『拾ったんだけどどうしよう』って言うんで『おいらが預かって自身番へ届けてやる』って、櫛を預かった。ところがその日は忙しくて自身番へ行けなかった。翌日届けようとその夜は枕元に置いて寝た。ところが、朝起きると櫛が消えていた」

「消えていた？」

きくは眉をひそめる。

「そうなんだ。こりゃあ、何か恐ろしいモノが憑いた櫛だったんじゃないかと思って、三太が心配になって外に飛び出した。そうしたら、三太もウチの店のほうへ走って来た。手にはおいらが預かった櫛が握られていた」

「何があったんでございます？」

「櫛はおいらんとこにいるとまずいことになると思い、三太のところへ戻ったんだ。で、三太は櫛に憑いた幽霊を見た」

「でも……」きくは横の息子を見る。

「この狭い部屋でございます。そういうモノが出ればわたしも気がつくはず」

「おいらの知り合いに坊主がいて、このことを相談したんだが、霊は狙った者だけに姿を見せ、一緒にいる者には見えなかったり、ぐっすり眠り込ませたりすることがあるって言われた。それでだ――」

庸は懐からお札を出した。

「その坊主は回向があってすぐには来られない。明日、何とかするから、今夜はこれでしのげと言われた」

「わたしどもの家は貧しゅうございますから、お札やお祓いのお金は……」

「それは心配するな。おいらも関わったから、おいらのお祓いもしなきゃならねぇ。おいらのお祓い分で、三太も一緒にしてもらうことにしてあるから。それに、湊屋両国出店の庸が子供を見捨てたなんて噂になれば、評判が落ちる」

「はぁ……」

きくは困ったような顔をした。

「ともかく、お札を貼ることを許してくんな。それから、おいらと、この男が泊まり込むことも」

「分かりました……。お話が本当であれば、今夜何かの怪異が起こりましょう。それでお話の真偽が分かります」

「ありがてぇ。糊はあるかい？」

「いえ、ございませんが……」

「それじゃあ、米粒をもらえめぇか」

お札を貼る糊代わりに米粒を使おうと思ったのであった。

「あっ……」きくは困った顔をする。

「ご飯はすっかり食べてしまいました」

江戸時代、多くの庶民は朝に一日分の米を炊いた。昼と夜は冷えた飯を食うのである。三太の家は貧しいから、米一粒も残さずに食べるのが常であった。

庸は眉間に皺を寄せた。

近所から糊や飯粒を借りれば、何があったのかと詮索されるだろう。しかし、両国出店に取りに行けば、戻る前に真っ暗になり、さとの生き霊が現れてしまうかもしれない——。

「おれの長屋が近うござんす。行って糊を取って参りやしょう」

勘三郎も庸と同じことを考えたのだろう。言って腰高障子を開けた。向かいの棟の腰高障子はすべて暗かった。朝早い仕事の者や、燈明の油代を節約しなければならないほど貧しい者たちが住んでいるのだ。

「急いでくれよ」

「がってん承知」

勘三郎は駆け出した。

「その櫛、お持ちですか？」

きくが言った。

「ああ、持ってるよ」

庸は懐から手拭いを出す。

「三太の手拭いですね」

きくが言う。

「ああ。櫛と一緒に預かった」

庸は手拭いを開いて櫛を見せる。

「割れているのですね——。高そうな櫛です」

「ああ。いい鼈甲だ」

「どんな幽霊が憑いているのですか?」

「男に振られて——、命を落とした女の幽霊だ」

まだ生きている者を死んだことにするのは気が引けたが、生き霊だと言えば話が生々しくなるだろうと思い、庸は嘘をついた。

三太はただ黙って俯いている。微かに体が震えているのは、これから現れるであろう女の生き霊に怯えているのかもしれなかった。

庸は手の上の櫛から何かの気配が立ち上り始めたのを感じた。

勘三郎はまだ戻って来ない。

「仕方がねぇ」

庸は櫛を懐に戻し、蚊帳を出て三和土の脇の流しに置かれた水甕(みずがめ)から、丼一杯の水を汲んだ。

手を水で湿らせて、お札の裏を濡らした。そして、柱に貼りつける。

水は、とりあえずお札が剥がれ落ちない程度の役には立っているようだった。

「勘三郎が戻ってくるまで保ってくれりゃあいい」

庸は残りの柱にお札を貼りつける。

夜になってもこの暑さ。早く糊が届かないと乾いて落ちてしまう。

庸はお札の上からたっぷりと水を塗る。

お札に描かれた真言や図形は、上等な墨で書かれているようで、滲みはしなかった。

「さて、こいつはどうするかな……」

庸は懐から櫛を出す。

生き霊の憑いたモノを結界の中に持ち込むわけにはいかない。

だが、三太ときくの部屋は狭く、四枚のお札でそのほとんどが結界の中だ。

結界の外は、三和土と流し場。

三和土に置けば、糊を持って戻る勘三郎と生き霊が鉢合わせする。

家の外に出しても、きっと中に戻ってくるだろう。

「ここしかねぇか」

庸は流し台の上に、手拭いごと櫛を置いた。そして、蚊帳に戻り、四隅の柱のお札に注意しながら、勘三郎を待った。

❖

葭町の蔭間長屋に戻った勘三郎は、綾太郎の部屋から明かりが漏れているのを見た。

どうやら仕事を終えて戻っていたようだ。

勘三郎は綾太郎の部屋に飛び込んだ。

「お庸ちゃんに何かあったか？」

蚊帳の中に行灯をともし、寝転がって本を読んでいた綾太郎が驚いて飛び起きる。

「糊はありやせんか？」

勘三郎は訊く。

夕方、両国出店に寄って勘三郎から事情を訊いていた綾太郎は、慌てて蚊帳を出ると文机の上から陶器の糊壺を取り上げた。

「三太んとこには糊がなかったかい」

そこまで気が回らなかった自分に舌打ちして、綾太郎は行灯を消すと、糊壺を勘三郎に渡し、一緒に部屋を飛び出した。

「お仕事、ずいぶん早く終わったんでござんすね」

木戸を駆け出して勘三郎は言う。

「今日はことのほか早かったのさ」綾太郎は勘三郎と並んで走りながらニヤリと笑う。

「お庸ちゃんと三太のことが気になったからな」

「手練手管でござんすか」

「秘技と呼んでくんな」

「悪いな。油代は後から払うから、今夜は明るくなるまで灯しておいてくれ」

庸は瓦灯から漏れる、心細い明かりを見ながら言った。

「お気遣いなく」きくは言う。

「三太を助けてくださるのですから」

その時、微かな音が聞こえた。

竹の箸を折るような音である。

乾いた木を折る音とは違い、粘っこいミシッという音であった。

庸と三太、きくは音のほうへ顔を向けた。

櫛を置いた流し台の辺りである。

「始まったもしれねぇな」


ドォンッ！


大きな音が部屋を揺らした。

「こんな音、したことなかった」

三太がきくにしがみついた。

庸は戸の外を見る。これほどの音がしたというのに、長屋の者たちが起きてくる気配はなく、長屋の路地は深閑としている。

生き霊に眠らされているのか、自分たちにしか感じられない音と振動であったのか――。

「結界に怒っているのではないですか？」

きくが言う。落ち着いた声音であった。

庸はきくを見る。目元にわずかな恐怖の表情が見てとれたが、背筋を伸ばし、周囲に視線を向けている。

やっぱり武家の娘かもしれないと庸は思った。どんな経緯（いきさつ）があってこんな貧しい長屋に流れて来たのか――。

「かもしれねぇな」庸は言った。

「だけど、結界の中には入れねぇから心配するな」

しかし、早く糊が届かなければお札が剝がれてしまう――。

流し台の辺りに白い靄のようなモノが立ち上った。白く光る靄である。

それはゆっくりと凝集し、白っぽい着物を着た娘の姿になった。さとであった。

俯き加減であった顔が、ゆっくりと三太のほうへ向く。

三太は母の背中に顔を隠した。

さとはゆっくりと流し台を降りる。足先が蚊帳に触れた。

熱い物にでも触れたように、さとの生き霊は足を引っ込めて流し台に戻り、低い声で唸った。

お札は効いている。庸は四隅の柱に貼ったお札に目を向ける。たっぷりと塗ったために柱に染み出していた水はすっかり乾いている。おそらく紙のほうも乾いているだろう。いつ剥がれてもおかしくない――。

さとはお札に気づいたらしく、四隅の柱にゆっくりと視線を巡らせた。

正面左のお札の端がわずかに捲(めく)れていた。

微風が室内に流れ込んで、端が揺れ、剝がれが少し大きくなった。

足音が聞こえ、戸口に綾太郎と勘三郎が現れた。

「お庸ちゃん、大丈夫か？」

近所に気を遣っているのだろう、綾太郎が押し殺した声で訊いた。

庸は目でさとの生き霊を示す。

庸の視線を追った綾太郎と勘三郎はギョッとした顔で、流し台に立つさとを見る。

さとは首を廻らせて二人を見る。

半間(はんげん)（約九〇センチ）もないところで生き霊と向き合い、綾太郎と勘三郎は震え上がる。

「お前ぇは先に蚊帳に入れ！」

綾太郎は勘三郎から糊壺を奪うと、蚊帳のほうへ押しやる。

勘三郎は三和土に草履を脱ぎ捨てて、蚊帳を捲り、飛び込んだ。

「南無三！」

綾太郎は板敷に飛び上がり、柱のお札の上部を少し剝がして糊をつけ、貼り直す。

さとの生き霊は流し台を飛び下りる。

両脚が蚊帳を踏み、恐ろしい声で絶叫し、三和土に転がり落ちた。

綾太郎は二枚目のお札を貼り直す。

さとは板敷に這い上がろうとするが、結界の目に見えぬ力が全体を覆っているので歯がみをした。

綾太郎は三枚目、四枚目とお札を貼り直し、蚊帳の中に潜り込んだ。

「待たせたな」

綾太郎は庸に身を寄せて言った。

四畳半を覆う蚊帳の中に大人の男二人と、庸、三太、きくがいるものだから、それぞれの体が触れ合って、中は蒸し暑かった。

さとは三和土に立ち尽くしている。そして、目を見開き、三太を見つめている。

「三太。三和土のほうを見るんじゃないぜ」

庸はきくの背中にしがみつく三太に言った。

きくは正座したまま、鋭い視線をさとに向けている。その顔がしだいに険しくなっていった。

「あなたは何をするつもりですか」

きくは絞り出すような声で言った。

「おきくさん」庸はきくの寝間着の袖を引っ張った。

「あいつに構うな。夜が明ければ消える」

きくは、そっと庸の手をほどく。

「三太が何をしたというのです。三太はただ、あなたの櫛を拾っただけ。あなたが恨むべきは、あなたを捨てた男でしょう」

きくは立ち上がった。

「幽霊のくせに、大人の男が怖いのですか？　だから、自分より弱い子供に自分の恨みを向けたのですか？」

きくの声はしだいに高くなり、怒りに震えはじめる。

「なんと情けない！　あなたはあなたを捨てた男と同じです！　哀れとも感じません！　そんなあなたは、子を守る母に勝てるはずはない！」

蚊帳をたくし上げた。

「おきくさん！」

庸はきくの裾を摑もうとしたが間に合わなかった。

きくは蚊帳を出てさとの生き霊と対峙（たいじ）した。板敷に立つきくのほうが頭一つ分、背が高く、さとの生き霊はきくを見上げる形になった。

「自分を捨てた男に憑くこともできず、子供を狙うとは、なんと情けない女！　見下げ果てた女！　さっさと男のところへ飛んで行ってとり殺してしまい！」

きくは大きく振り上げた手を、さとの頬に振り下ろす。

パンッ

掌（てのひら）が頬を叩く音が響いた。

その瞬間、さとの姿は消えた。

庸、綾太郎、勘三郎、三太は呆然と、肩で息をするきくの後ろ姿を見ていた。

「もう戻って来るな！」

きくは一言怒鳴ると蚊帳の中に戻って来た。

「失礼いたしました」

きくは正座して庸たちに頭を下げた。

「母は強ぇな」

綾太郎は尊敬の眼差しできくを見た。

きくは恥ずかしそうに首を振ると、庸のほうへ顔を向けた。

「あの幽霊はどうなったんでしょう？」

「さてな……。お前ぇさんに言われた通り、男をとり殺しに行ったのかもしれねぇな……」

「だとしても」きくはきっぱりと言う。

「気の毒とは思いませんし、悪いことをしたとも思いません。攻め込まれたら押し返す。たとえ徒手空拳（としゅくうけん）であったとしても」

「お前ぇさん、武家の出かい？」

「いえ。ただの仕立屋でございます」

きくは三太を抱き寄せる。

「さぁ、明るくなるまで少し眠りましょう」

そして夜具に横になった。

「おれたちはどうしやす？」

勘三郎が小声で訊く。

「さとが諦めたかどうかまだ分からねぇから、明るくなるまではここにいようぜ」

「おきくさんなら大丈夫じゃねぇか？　また出ても追い返すぜ」

綾太郎が言った。

「危ねぇのはおいらたちだよ。おきくさんには三太を守るって強い思いがあったが、おいらたちにはそれが無（ね）ぇ」

「おれにはお庸ちゃんを守るって思いがあるぜ」

綾太郎が言う。勘三郎も「おれだって」と言った。

「子を思う母の気持ちぐれぇかい？」

庸が訊く。

「それには敵わねぇな……」

「だろ？　さ、交代で少し眠ろうぜ」

と言って、庸は蚊帳の隅で丸くなった。

六

庸は帳場で大きな欠伸をした。

仮眠をとって空が明るくなった頃、三太の長屋を出て、両国出店に戻り、店を開けたのだった。

勘三郎は帰り、綾太郎は追いかけ屋として店に残ったが、帳場の裏で微かな鼾をかいている。

「おはようございます」

と言って入って来た松之助に、庸は口の前に指を立て「しーっ」と言い、帳場の裏を指差した。

松之助は足音を忍ばせて板敷に上がり、「昨夜はどうだったんですか？」と訊いた。

庸は三太の長屋での出来事を語って聞かせた。

「――なるほど、母の力は凄まじいですね。でも、そうなると美濃屋の宗一郎が心配ですね」

「ああ。今日は瑞雲が来るはずだから、話しておくさ――。と言ってるところに瑞雲のお出ましだ」

庸は矢ノ蔵の前を歩いてくる墨染めの衣を顎で差した。

「では、お茶の用意をしますか」

と松之助が立ち上がる。

「おいらにはうんと濃いやつを頼むぜ」

「かしこまりました」

と松之助は奥に入る。

「お札は効いたか？」

瑞雲は暖簾をくぐって店に入り、上がり框に腰掛けた。

「ああ。効いたよ――」

庸は昨夜の出来事を語る。

「そうか。では後から美濃屋へ回ってみよう」

「気に食わない奴だが、まぁ、よろしく頼むぜ」

「たんまりと搾り取ってやるさ」

瑞雲はニヤリと笑う。

松之助が茶を運んできた。

「姉ちゃんが『関われば、お前は知らなくともよい人の業を知ることになる』って言ってた意味がよく分かったよ。恋した女の業。財に執着する者の業。子を持つ母の業——。結局、人は己のことしか考えられねぇのかな」

「母は違うであろう」

「子のことを思うってかい？　他人の子じゃねぇ。自分の腹を痛めた子だ。一心同体と考えてるんだろうよ。それに三太が助かるなら宗一郎の命なんてどうでもよかった」

「確かに人にはそういう業がある。だが、お庸は違うであろう。お前は人のために奔走する。そういう人もおるのだ。捨てたものではあるまい」

「慰めてくれるのはありがてぇけどさ。おいらだって、自分を満足させるために走り回っているのかもしれねぇ」

「あまり悪く考えるんじゃねぇよ」

声と共に、帳場の裏から綾太郎が這い出して来て、帳場机の庸の茶を一口啜った。

「それならそれでいいじゃねぇか。お庸ちゃんに助けられた者が感謝する。お庸ちゃんは満足する。お庸ちゃんに手助けした者も満足する。大勢が幸せになるんだから」

「そんなもんかねぇ」

庸は照れたように笑う。

瑞雲が「さぁ、商売して来ようか」と立ち上がる。

「じゃあ、またな」

庸は帳場から言った。

瑞雲は手を上げて出て行った。

「しかし、なんだねぇ」綾太郎は言った。

「お庸ちゃんの姉ちゃんも、まだまだ修行が足りてねぇようだな。妹に人の汚い部分を見せたくねぇから関わらねぇようになんて余計なことを言った」

「確かにそうかもしれねぇな」

庸は笑った。

綾太郎は中空に向かって言う。

「お前ぇの妹は、辛いことも糧に出来るくれぇ育ってるんだぜ」

その顔がとても優しげに微笑んでいるのを見て、庸は何だか胸が熱くなるのを感じた。

六尺の釣り竿

一

盆が過ぎ、肌寒い日も増えたある日の朝。

湊屋両国出店の暖簾をくぐって土間に入って来た娘がいた。

小綺麗な小袖に、かわいらしい簪を挿した、庸と同じ年頃の娘である。藤色の小さな風呂敷包みを胸のところに抱えていた。

娘は、帳場で顔を上げた庸と目が合うと、ニッコリと笑って小さく膝を曲げた。

「ごめんくださいな」

「あっ、おさえちゃん。久しぶりだなぁ」

さえは、庸の幼馴染みであった。

庸の実家は神田大工町。さえの家は近くの神田鍋町で、小間物問屋下田屋を営んでいた。

庸が貸し物屋になってからも、一月に一、二度は両国出店を訪れて、お喋りをする仲であったが、ここ三月ほどは顔を出していなかった。

「ごめんね。花嫁修業だって、色々習い事をさせられてるって話したでしょ。お稽古の日を増やされたのよ」

さえは板敷に腰を掛け、「豆大福よ」と言いながら、風呂敷包みを解いて、経木の箱を庸に差し出す。

庸は帳場を出て箱を押し戴く。

「おさえちゃんのもらい手が決まったのかもしれねぇな」

庸は帳場に戻る。

「えーっ！」さえは驚いた顔をする。

「そうなの？　なんで分かるの？」

「ただの推当だよ。親が何かするのには理由がある。花嫁修業の習い事の日が増えたってんだったら、それが必要になったってことだろ。だとすりゃあ、嫁に行く日が近くなったから、少しでも教えておきてぇって思いじゃねぇかって推当てたんだ」

「ふーん。そうなの」

「さえちゃんがまだ話も聞いていねぇんなら、親同士で内々に話が進んでるって段階じゃねぇかな。ま、あくまでもおいらの推当だから、外れてるかもしれねぇけどね」

「お嫁に行く前に遊んでおきたいってのに、お稽古ばかりで遊ぶ暇もないのよ」さえは溜息をつく。

「今日はたまたま稽古がない日だったから、急いでお庸ちゃんに会いに来たの」

「大変だなぁ、問屋のお嬢さんは」

「なに言ってんの。貸し物屋のほうが何百倍も大変でしょ」

さえがそう言った時、奥から松之助が顔を出した。

「いらっしゃい、おさえさん」

「お早う、松之助さん」

さえは軽く会釈した。

庸は松之助に豆大福の箱を渡す。松之助はそれを持って奥に引っ込んだ。

「松之助さんはお庸ちゃんに言い寄ることはないの？」

さえは小声で訊いた。

「馬鹿なこと言うなよ」庸は笑って顔の前で手を振る。

「たぶん、おいらは松之助の好みに合わねぇ。そしてこっちは確実だが、松之助はおいらの好みに合わねぇ」

「だけど、男なんてさぁ、好みがどうのこうのってそっちのけで、手当たりしだいじゃない」

「そんなことはねぇだろう」

「だって、岡場所へ行ったり、夜道で夜鷹を買ったりするでしょ。夜鷹なんか暗がりで袖を引くから、顔なんか分からないじゃない」

夜鷹は筵を敷いて野外で春を鬻ぐ女である。

「お前ぇ、そういう男を知ってるのかい？」

庸は呆れた顔をした。

「耳年増よ」さえは小さく舌を出す。

「うちの女中たちがよく話してるの」

さえがそう言うと、松之助がクスクス笑いながら盆を持って現れた。豆大福を載せた銘々皿と茶の湯飲みが三つ。「おもたせでございますが」と言ってさえの横に銘々皿と湯飲みを置く。残った二つの皿と湯飲みは帳場机に。

「こう見えて、お庸さんに思いを寄せてる人は多ございますからね。手代のわたしなんぞが手を出したら、簀巻きにされて大川へ放り込まれます」

「こう見えてとはなんだよ」

庸は頬を膨らませる。

「ここにも一人います」

松之助は帳場の奥に「綾太郎さん」と声をかける。

「了見の狭い奴らにゃあお庸ちゃんのよさは分からない──」

帳場の後ろの暖簾をたくし上げて綾太郎が顔を出した。

「あら、今日の追いかけ屋は綾太郎さんなのね」

さえが、綾太郎にぎこちない流し目をくれる。

「おさえちゃん。あんたの歳じゃあ、流し目は無理があるよ」

綾太郎が言うとさえは、「ひどい」と、口を尖らせた。

「色艶の指南もちゃんと受けてるのよ」

「なんの稽古だよ」

庸は苦笑する。

「礼儀作法の一つ。夜のお勤めもあるでしょ」

さえの頬が少し赤くなった。

「へぇ、そういうお稽古もあるんですね」

松之助は綾太郎に豆大福と茶をすすめる。

「あれ、松之助さんの分は？」

さえが訊く。

「わたしは使用人でございますので」

「使用人っていうんならおれも一緒だぜ」綾太郎が大福をかじりながら言った。

「遠慮せずに、いただきゃあいいじゃねぇか」

「お相伴（しょうばん）にあずかりな」

庸が言う。

「左様ですか。それでは遠慮なく」

松之助は奥に戻って自分の湯飲みを持って来た。

「世の中、上辺だけとか言葉遣いだけで人を判断する奴らが多過ぎる」綾太郎は言う。

「お庸ちゃんが好きか嫌いかで、そいつの性根が見えてくる。常識を振りかざして他人を非難する奴らにとっちゃあ、お庸ちゃんは眉をひそめたくなる存在だろうぜ。で、世の中、そういう奴らが多い。自分が嫌な奴だと気づかない奴らがごまんといるんだよ」

「綾太郎さんは、さぞかし嫌な思いをしてるんでしょうね。世の中を斜めに見過ぎ」

さえは気の毒そうな顔で笑った。

「蔭間でもてはやされるのは、前髪をおろしていねぇ子供ばかりだよ」

「あっ、そうだ」さえは口の中の大福を茶で喉に流し込む。

「先に用事を済ませておかなきゃ、忘れちゃうわ」

「なんだい、用事って」

庸は茶を啜りながら訊いた。

「親戚の伯父さんが釣り道具を借りて来てくれって。出来るだけ使い込んだやつ。竿（さお）は名人の作がいいって」

「自分のは持ってねぇのかい？」

「知らない。借りたいって言うんだから、持ってないんじゃないの」

「どこに住んでるんだ？」

「品川で小間物屋をしてるわ」

「品川かい。自分の釣り道具を取りに戻るにも、遠いっちゃあ遠いな——。何を釣るって？　海釣り用か？　川釣り用か？」

「ええとねぇ——」と、さえは懐から何か書きつけた紙を出す。

「石斑魚（うぐい）釣り用の六尺（約一・八メートル）くらいの竿と、道具一式だって」

「石斑魚なら川釣りか――。しかし、六尺ってのは短ぇな。遠くまで餌が届くほうが釣りは有利なんだぜ」

「短いか長いか分からないけど、伯父さんが書いてくれたんだから、注文はその通りよ。でもなんで、名人が作った使い込んだ竿なんか借りたいんだろう？」

「人に見せるためだろうさ」庸は言った。

「道楽の道ってぇのは、半分は見栄だからな。いい道具を持ってねぇと侮られることもある」

「なるほどね。だけど道楽の釣りは御法度ですよ」

松之助が言う。元禄六年に生類憐みの令によって、遊びの釣りは禁止されていた。

「漁は禁じられてないし、食うためということならお目こぼしもある」そこで綾太郎は声を潜める。

「秘密の釣り場で遊びの釣りを続けてる奴もいる。御法度になってることをやって、ヒヤヒヤする感じを味わいたがる奴もけっこういるんだぜ。そんな奴らの中でもお大尽衆なんかは今でも高い竿や釣り道具を使いたがるんだよ」

「釣りは出来ないから、せめて高い釣り道具を眺めてぇって言って、名人の作を借りて行く奴もいるぜ」

庸は言った。

「お庸さんは魚屋になりたいって男に魚の捌き方を教えるために魚を釣らせたことが

ありましたね」

　松之助が言った。

「ありゃあ見つかったらヤバかったたな」庸は苦笑しながら話題を変える。

「――だけど、おさえちゃんの伯父さんは考えが浅いな。釣りだったら、釣れなきゃもっと侮られる。いくらいい道具を持ってたって、釣り逃したり、ボウズだったりしたら、笑いものだぜ」

「釣らなくたっていいんだよ」綾太郎が言う。

「使い込んだいい道具を持って川を眺めてりゃあ、一廉の人物だって思われる。もっとも、人目のないところで釣るんだろうから、高い道具を持って河辺に立ち、独りで悦に入るんだろうよ」

「自分だけで悦に入るため？　分からないわ、その気持ち」

　さえは首を振る。

「おさえちゃんだって、人に見せるためじゃなく、自分で満足するためにお洒落することあるだろう？」

　庸が訊く。

「お洒落と釣りは違うわよ」

　さえは顔の前で手を振って否定した。

「じゃあ、釣り道具を届けついでに本人に訊いてみるか」

庸が言ってさえを見る。

さえは首を振った。

「伯父さんは自分が貸し物屋から竿を借りたってことが分からないようにしたいんだって。だからあたしに頼んだのよ。湊屋両国出店のお庸ちゃんが伯父さんを訪ねて行ったら、あたしが来た意味がないわ」

「なるほど――。やっぱり釣り仲間がいるな。仲間に『なんだ借り物かい』って笑われるのが嫌だってことか」

「どこで誰に見られてるか分からないからなって。もしかすると道楽で釣りをするんじゃないかってお役人に目をつけられるのが怖いのかも」

「だけどおさえちゃん。この店では、その道具をどんなふうに使うのか確かめる決まりになってるんだよ」

「でも、帰って伯父さんにそのことを話せば、別の貸し物屋へ行って来いって言われそう」

さえは眉を八の字にする。

「うちは商売にならなくったって構わねぇが――」

「ちょっとでもお庸ちゃんの商売の役に立てばって思ったんだけど……」

「その気持ちは、ほんと、ありがてぇな――。じゃあ、頼まれた時のこと、もうちょっと詳しく話してもらえねぇか」

「詳しくったって、今話した通りだけど」さえは頰に指を当てる。

「昨日の夜、ふらりと伯父さんが遊びに来て、うちのお父っつぁんとお酒を飲んだの」

「伯父さんはよく遊びに来るのかい？」

「うん。あまり商売熱心な人じゃないから。伯母さんに店を任せて遊び歩いてるらしいわ」

「その遊びの一つが釣りかい」綾太郎が言う。

「御法度の釣りをしたがる奴なら、博打なんかにも手を出してそうだな」

「道楽者だけど博打と女遊びはしないって伯母さんが言ってた。釣り道楽も今までは聞いたことがないわねぇ」

「遊びの釣りが御法度になる前は、植木の道楽、俳諧なんかの道楽に並んで釣り道楽にはまる奴が多かったようですよ」

松之助が言う。

「でも今までは特に熱を入れてやってたってことじゃないと思うわ」

「なるほど、釣りには最近はまったかい」

庸は顎を撫でた。

「何かのきっかけで釣りにはまり、仲間に自分は前々から釣りをしてるって見せたいということでしょうか」

　松之助は大福を咀嚼（そしゃく）する。

「その線かもしれねぇな」

　綾太郎が頷く。

「すでに仲間がいるんなら――」庸が言う。

「そいつらは、おさえちゃんの伯父さんの腕前も知ってるだろう。だとすりゃあわざわざ使い込んだ竿を持って行く必要もあるめぇ。仲間じゃない誰かに、あるいは、これから仲間になる奴に、自分は一端（いっぱし）の釣り師だって思わせてぇんだ」

「だけどよう」綾太郎が反論する。

「仲間になるんなら、すぐに腕前がばれちまうだろう」

「うん――」庸はしかめっ面をする。

「それがおいらの推当の弱いところだ」

「なるほどねぇ」さえが感心したように言う。

「推当って暇つぶしには絶好だわね」

「暇つぶしにしてるんじゃねぇよ」

　庸は舌打ちする。

「ねぇ、お庸さん」松之助が言った。

「おさえさんの伯父さんだったら身元も分かっているし、釣り道具なんて悪事に使えそうもないですから、お貸ししてもいいんじゃないですか？」

「遊びの釣りそのものが悪事だぜ」

綾太郎が笑う。

「ご定法で釣りを禁じるほうが悪事ですよ。釣り好き以外にも釣り道具屋だって仕事が減って困ってます」

松之助は声を潜めながらも、怒った顔で言った。

「そうだなぁ――」庸はさえに顔を向ける。

「何日借りたいって？」

「一月」

さえは袂から小さな紙包みを出して、庸に手渡す。庸がそれを開くと、小粒（一分金）が一枚入っていた。

「足りなければ、後から精算するって」

「これだけあれば、新品を揃えられますよ」

松之助が言う。

「分かった。松之助、見繕ってくれ」

「かしこまりました」

庸は言った。

松之助は言って奥へ入る。

「綾太郎。お前ぇ釣りはするかい？」

庸が訊く。

「お得意さんに連れられてこっそり鱚（きす）釣りなんかはするよ。釣ったそばから舟で天ぷらにするんだ。万が一、お役人に見咎（みとが）められても、船頭が釣って料理を出してるってことにするって口裏を合わせてる」

「石斑魚は？」

「ガキの頃によく釣ったな」

「どんな魚だい？」

「食ったことはないかい？」

綾太郎が問いで返す。

「夏頃に、腹に赤い線が出た魚の塩焼きを食ったことがあるけど、あれかい？　小骨が多くてあまり好きじゃなかったな」

「夏場に、瀬にたくさん集まって卵を産むんだが、その時にゃあ、雄も雌も一心不乱で餌に見向きもしねぇ。だから釣りじゃなくて網で獲る。お庸ちゃんが食ったのはそいつだな」

「釣る時にはどうするんだい？　蚯蚓（みみず）で釣るのか？」

「石斑魚は悪食（あくじき）でな。ほかの魚の稚魚も食う。蚯蚓でも川虫でも、飯粒でも釣れる。おれは乾いちまった蒲鉾（かまぼこ）で釣ったこともある。山女魚（やまめ）とか岩魚（いわな）とかと違って釣りやすい魚だから、初心者が相手にするにゃあちょうどいい。夏に卵を産むんで餌を食わなくなる。だからでかいやつは釣れづらくなるが、小さい魚は年中釣れるよ。それに多少汚ねぇ水でも生きるから、釣れるところはあちこちにある。冬場の石斑魚は寒バヤっていって、脂が乗って美味いんだ。それ以外の季節の石斑魚は、塩焼きや甘露煮にしたり、カラカラに干して出汁を取る。だから、夏でも冬でも、釣って帰るとおっ母さんは喜んだよ」

綾太郎は遠い目つきをした。

二

それから、五日ほどが経った夕方――。

さえが三十歳ほどに見える女を連れて店を訪れた。

燈台に明かりを灯した庸は、土間に立った二人を見て眉をひそめた。さえも女も、深刻な表情をしていたからである。

「どうしてぇ、おさえちゃん。その人は――、もしかして、品川の伯母さんかい？」

「そうなのよ」

さえは溜息交じりに言う。

「まつと申します」女は頭を下げた。

「今日は、明日芝居見物をするから、下田屋さんに泊まらせてもらうと言って出て来ました」

江戸時代の芝居はたいてい、明け六ツ（午前六時頃）から始まり、暮れ七ツ半（午後五時頃）までの興行であった。芝居見物は一日がかりだったのである。

「ご亭主は店番かい」

「はい。亭主は助五郎と申します」

まつは少し言い辛そうに口ごもった後、思い切ったように話し始めた。

「考え過ぎだと笑われそうでございますが――。こちらから釣り道具をお借りした後、夕方になると必ず家を空けます」

「それは――」奥から出て来た松之助が言う。

「釣りに行っているのではありませんか？　夕方は〝まずめ時〟で、よく魚が釣れると聞きます」

「ところが、魚を持って帰ったことは一度もありません」

「毎日ボウズかい」よほど下手なのだと庸は笑いを堪えた。

「訳を訊いてみたかい？」

「下手だからだよと機嫌が悪くなったので、それからは触れないようにしてました――。それに不思議なことに、お借りした道具は自分の部屋に置いたままなんでございます」

「道具を置いたまま？」庸は片眉を上げた。

「じゃあ、釣りに行ったんじゃねぇのか？」

「いいえ。物置から古い竿と道具を出して――。子供の頃に使っていたものだとか」

「ウチから借りたのは使わず、自分の道具を使ってるのかい――」

春先に、台箱を借りて行ったのに使わない客がいた。釣り道具を使わないのにもそれなりの理由があるはずだ。

「その訳は訊いたかい？」

「はい。もっと上手くなってから使うって申しました。物置から出した道具は安物でございます」

「なら、上手くなってから借りに来ればいいのに。それに、道具があるのに、なぜわざわざウチから借りて行ったんでしょうね」

松之助は首を傾げた。

「それも訊きました。そしたら、『稽古事ってのは、いつ上手くなるか分からねぇんだ。今日上手くなったら明日にもいい道具を使いてぇ』と申しました」

「それもこれも」さえが言う。

「女に逢っていることを誤魔化すためじゃないかって、伯母さんは心配しているのよ」

さえが言った。

「どれぐらい家を空けるんだ？」

庸が訊いた。

「陽が沈む少し前辺りから一刻（いっとき）（約二時間）ほどでございます」

「たった一刻かい」

庸は言った。女との逢い引きだったら、一刻では足りないのではないかと思った。

「品川宿には飯盛女（めしもりおんな）（宿屋に雇われている遊女）を置く宿屋も多いわ。〝ちょんの間（ま）〟なら、一刻もかからずに遊べるわよ」

と言ったさえを、庸は驚いた顔で見る。

さえは庸の表情を見て、

「耳年増だって言ったじゃない」

と顔を赤くした。

「二日ほど前に、こっちでは夕方から雨が降ったが、品川はどうだった？」

庸は訊いた。

「降りました」

「旦那は釣りに出かけたかい？」

「いえ……。家におりました」

「女に逢いに行くんなら、雨でも構わねぇよな」

「だけど怪しまれるじゃない」さえが反論する。

「怪しまれないように我慢したのよ。それに相手が夜鷹だったら、濡れ鼠（ねずみ）よ」

「うむ……」

庸は腕組みする。

釣りに行って魚を持ち帰らない。いい道具を借りたのに、それを使わず昔使っていた釣り道具を使う。

夕刻の一刻しか釣りをしない。

確かに、奇妙と言えば奇妙だが、それを女との逢い引きに結びつけるのは強引過ぎる気がした。

「確かめればいいんじゃないですか？」

帳場の後ろの暖簾をたくし上げて、風采の上がらない中年男が顔を出した。蔭間の締造（しめぞう）である。今日の追いかけ屋であった。

「お宅を出たら尾行て（つけて）何をしているのか確かめればようございましょう。なんならわたしが今日、出かけて来ましょうか」

「ウチには使用人はおりません。娘と息子もおりますが、まだ店番をさせられるほどの歳ではございません。ですから亭主は今日は外に出られません」

まつが首を振った。

「左様でございますか」

締造は残念そうに首を竦めた。

「どうします？　お庸さん」

言った松之助に、庸は目を向けた。

松之助の表情は『他人(ひと)の色恋沙汰に口を出すな』と言っているようだった。

「そうさなぁ――」

と言いながら、さえとまつに視線を戻す。

二人とも、眉を八の字にして庸を見つめている。

「亭主は――」まつが言う。

「道楽者の穀潰しではございますが、博打と女にだけは手を出さずにすんでおりました。だから、なんとか親子四人、食べてこられましたが、もし女が出来たのならば、もういけません。亭主の性分なら、しばらくつき合えば、もうその女しか見えなくなりましょう。なんとか助けていただけませんか」

「お庸ちゃん、力を貸しておくれよ」

さえは両手を合わせた。

「松之助、〝貸してくれ〟って言われたよ」

庸が言うと、松之助は肩を竦めた。

「おまつさん。亭主が女に熱を上げているっていう證跡(しょうぜき)（証拠）は何かあるかい？たとえば店の銭函から金を持ち出して貢いでいるようだとか」

「いえ……。銭函に手を出している様子はありません」

「じゃあ、不審なのは夕刻の一刻、家を空けるということだけかい」

「まぁ……、左様でございますが……」

「あんた、女がいるんじゃないか？　って、正面からぶつかってみるのはどうだい？」

「それだけの度胸があれば、お庸ちゃんに相談しには来ないよ」

　さえが言う。

「なら、おさえちゃんが問いただすってのは？」

「あたしが口を出せば角が立つわよ。伯父さんもウチに来づらくなるだろうし。なんとか穏便に丸く収める方法を考えてよ」

　さえはもう一度手を合わせる。

「うん――」庸は額に指を当てて考え込む。

「隠し事をしている奴を追いつめるには、とにかく證跡を見つけて周りを固めなきゃならねぇ。それに、證跡を探しているうちにこちらの間違いに気づくこともある――。おさえちゃんのお父っつぁんは話の分かる人だったよな」

「ええ。友達とお父っつぁんの話をしてると、みんなそう言って羨ましがるけど――」

「ならおまつさんが助五郎さんに疑いを持っているって話を聞いても大丈夫だな」

「お父っつぁんから伯父さんに説教してもらうっていうの？」さえは驚いた顔をする。

「それは駄目よ。伯母さんの立場がなくなっちゃうじゃない」

「違うよ。ちょっとだけ手伝ってもらうのさ。お父っつぁんに、助五郎さんを呼んで酒盛りをしてもらいたい」

「ああ――。助五郎さんが留守の間、品川で何か調べるんですね」松之助は眉をひそめる。

「でもお庸さんが出かけるんですか？」

「お前ぇにはそう言われると思ったぜ」庸は苦笑いする。

「この度のことは、たいして難しい謎解きじゃなさそうだから、おさえちゃんとおま

つさんが調べてくれりゃあいい。おいらは店にいるよ」

「少しは成長なさったようで」

松之助はニッコリと笑った。

「でも――」さえは不安そうに言う。

「調べるったって、何を調べりゃいいのか分からないわ」

「おまつさん。家に助五郎さんだけが使っている部屋はあるかい？」

「はい。四畳半ほどの座敷を」

「その座敷を家捜ししな。そこで見たものを留書してほしい。探しているうちに付け

文でも見つかれば女がいるって証になる。そうなったら、助五郎さんの首根っこを押

さえつけて、とっちめてやりゃあいい」

「お父っつぁんにはなんて頼めばいいの？」

さえが訊いた。

「おまつさんと一緒に、お父っつぁんの前に座って、『どうも助五郎さんに女が出来たらしく、湊屋の両国出店のお庸ちゃんに相談した』と、そのまま話しゃあいいさ。それから、助五郎さんに釣り道具を借りるよう頼まれた話も。それで、『お父っつぁんに、助五郎さんと下田屋で酒盛りをしてほしいと言われた』って告げりゃあ、お前のお父っつぁんならすぐに事情を理解してくれる」

庸が言うと、さえとまつは不安げに顔を見合わせた。

「まぁ、やってみな。上手くいかなかったらおいらが話しに行くから」

その言葉に、さえとまつは立ち上がる。

「やってみるけど、駄目だったら助けてね」

言って、さえはまつを促して店を出て行った。二人を見送った後、綾太郎が訊く。

「お庸ちゃん、どう推当てた？」

「亭主に女が出来たってのは、おまつさんの考え過ぎってことぐれぇだよ」庸は肩を竦める。

「品川まで出かけて歩き回りゃあ、色々と分かってくるだろうが、松之助が許しちゃくれねぇからな」

「いつもならすぐに飛び出すのにどうした風の吹き回しだい？」

「大した裏はねぇような気がするからさ。おまつさんの誤解が解けりゃあ、落着だろう」

「まぁ、お庸さんが血相を変えて飛び出して行って、結局勘違いだったたってことも多ございますからね」

松之助が言った。

「最近は少なくなったぜ」

庸は鼻に皺を寄せた。

三

両国出店を辞したさえとまつは下田屋へ戻った。小間物を納めた荷物を持って広い土間を忙しく往き来している使用人たちが「お帰りなさいませお嬢さん」と声をかけた。

帳場に座っていたさえの父の紋左右衛門が怪訝な顔で二人に声をかける。

「芝居見物はどうした？」

「人が多いんで入り口で引き返して来たの——。お父っつぁん、ちょっとお話があるんだけど」

さえは紋左右衛門に目配せして通り土間に入った。

紋左右衛門は、さえの後ろを歩くまつの深刻な顔が気になり、帳場を番頭に任せ、小首を傾げながら通り土間に降りた。

奥座敷でさえとまつの話を聞いた紋左右衛門は「うーん」と唸って腕組みをした。

「お庸ちゃんがそう言ったのだね？」

「ええ。お父っつぁんならすぐに事情を察してくれるって」

さえは父の顔をじっと見る。

◆

「ふーむ」

紋左右衛門は、娘から視線を外して顎を撫でる。

庸については幼い頃から知っているし、湊屋の両国出店の店主となってからも、時々遠くから様子を見ていた。言葉遣いの荒さから、客が減るのではないかとヒヤヒヤしながら、近所の評判にも耳をそばだて、ちゃんと店が回っていることを確かめて安心していたのだった。

店の客に余計なお節介を焼くことも聞こえている。それが店の評判を高めていることも――。

だが、自分の身内が庸の力を借りることになるとは思ってもみなかった。

もし、何か厄介なことであれば、庸はさえやまつに任せずに自分から動くだろう。

あえて家捜しを二人に任せるということは――。

そうか。助五郎が女に入れ込んでいるというのは、まつの勘違い。それをまつ自身が確認できるようにという配慮か――。

だが、付け文が見つからなかったからといって、それが女に入れ込んでいないという証にはならない。

それに、助五郎は道楽者で、何かに凝り出すとのめり込んでしまうことが多い。女に関しては話をしたことがないから分からないが、ほかの道楽と同様にのめり込んでしまうだろう。女がいないとは言い切れない。

庸はまだまだ考えが甘い――。

紋左右衛門は心の中で首を振った。

まぁ、男女の機微は、男とつき合ってみなければ分かるまい。まして、道楽者の男の考えなど察することも難しかろう。

そう考えた紋左右衛門であったが、

「分かった。お庸ちゃんの言うようにやってみよう。それでおまつさんの気が済むんなら」

と答えた。

さえとまつはホッとしたように顔を見合わせた。二人の肩から力が抜ける。

「今から使いを出して、明日の夕方から飲もうと誘う。おまつさんが帰ったら、入れ替わりに来るよう話させる。それでいいか？」

紋左右衛門の言葉に、さえとまつは頭を下げて「ありがとうございます」と声を合わせた。

紋左右衛門は小さく溜息をつく。

万が一、二人が助五郎が女道楽にうつつを抜かしているという証を見つけたなら、一緒になって説教をし、道楽すべてから足を洗わせる好機だと紋左右衛門は考えたのであった。

❖

さえとまつは翌朝早く、下田屋を出て品川へ向かった。

品川までおよそ三里（約十二キロ）。二人は一刻半（約三時間）ほどで宿場に入った。

さえを、助五郎の小間物屋、冨士屋の近くの茶店に置いて、まつだけが店に戻る。

さえは、庇に立てかけて日除けにした葦簀の陰に隠れるようにして床几に座り、店の出入り口に目を向けた。

茶と饅頭を頼んで助五郎が出て来るのを待つ。このようなことをするのは初めてだったから、緊張して饅頭や茶の味はまったく分からなかった。

ほどなく、助五郎が店を出て来た。機嫌良さそうに、小走りに北へ向かう。

さえは代金を床几に置いて、小間物屋へ入った。

帳場に座ったまつが小さく頷いた。

「すぐに家捜しするの？」

　さえは板敷に上がり込んで訊く。

「いいえ。亭主が出かけてすぐに店を仕舞えば、ご近所が怪しむわ。亭主は明日の昼くらいまで帰らないから、夕餉の後に調べましょ。まぁ、ここに座ってお手伝いしてちょうだい」

　まつは自分の横を指して微笑んだ。

❖

　暮れ六ツに蔀戸（しとみど）を降ろして店仕舞いをした後、さえは奥へ向かうまつの袖を引っ張った。

「もう家捜しをしてしまいましょうよ。何だか気になって、落ち着いてご飯を食べられないわ」

「そうね――」

　まつは頷いてさえを助五郎の部屋に誘った。

　まつが行灯（あんどん）をともすと、四畳半の座敷がぼんやりと照らされる。

　裏庭に面した障子の前に文机が置かれ、左の壁の前には背の低い箪笥（たんす）。右側は襖（ふすま）であった。両国出店から借りた釣り道具は、古ぼけた釣り道具と並べて文机の横に置かれていた。

竿は布の竿袋に入っている。両方とも同じくらいの長さで、継数も似たようなものらしく太さも変わらなかった。

「道楽者にしては、物が少ないわね」

さえは文机に向かう。

「今まで凝った物は、飽きるとすぐに蔵の中に持ち込むから」

まつは簞笥の引き出しを開けて中を調べる。

さえは文机の上を見て眉をひそめた。

小間物屋の主の文机に似つかわしくない物が置かれている――。

金属の匙（さじ）である。柄が長く、医者や薬屋が、粉薬を調合する時に使っているのを、さえは見たことがあった。

さえは匙に顔を近づける。薬を掬（すく）う部分に、何か載っている。茶褐色で、行灯の明かりを受けて光っている。液体かとも思ったが、柄を持って少し傾けても張りついたままであった。

樹液が固まったようなもの――。

「ねぇ、おまつさん。これ、なに？」

まつはさえの横に来て、匙を覗く。

「なんだろうね……」

恐る恐る匙に鼻を近づけ、すぐに顔をしかめた。

「松脂みたいなにおいがする……」

その言葉に、さえもにおいを嗅いだ。

「ほんとだ……。なんだろう？　なんで松脂なんか？　もしかしたら、松脂のようなにおいの薬かもしれないね。これ、薬用の匙でしょ？」

さえは正体を探る手掛かりはないかと、文机の上を見た。

手燭と帳面、硯箱、糸巻きに巻いた白いしつけ糸。握り鋏。小さな竹の鑷子（ピンセット）数本。数本の釣り鉤を入れた小皿。小さく細い鑢。そして、掌ほどの大きさの紙袋。何かが入っているようで膨らんでいる――。

さえは紙袋を手に取る。折り畳んだ口を開いて、行灯の明かりで中を覗いた。

ごく小さな玉のような物がたくさん詰まっている。

まつも紙袋を覗き込む。

「何かの種かしら」

「畑でもやってるの？」

さえは訊いた。

「いいえ。そんなことに手が回るほど暇じゃないもの。亭主はフラフラ遊び歩くんで、ほとんどあたしが店を切り盛りしてるからね」

「こんなにたくさんあって、畑も作っていないんなら――、薬の材料か何かかな」

「でも、薬研なんか置いていないわよ」

薬研とは、薬の材料を擂り潰す道具である。

「うーん。煎じ薬だとか、松脂みたいなのと混ぜて使うとか」

さえがそう言うと、まつはあっと言って匙を取り、手燭の火の消えた蠟燭の上にかざした。

「こうやって蠟燭の火の上に持ってくれれば、匙の中の松脂みたいなのは溶けるでしょ。その溶けたやつの中に、この種みたいなのを入れて、煮出すんじゃないかな」

「そんな薬、聞いたことある？」

さえが聞くとまつは首を振る。

「だけど、医者や薬屋でもなけりゃ、薬の作り方なんか分からないわよ。一子相伝の方法で作られたって触れ込みの薬なんかごまんとあるわよ」

「そうね。でも、部屋の中で独りで作る薬って――。どんな効能があるんだろう」

「決まってるじゃない」まつはきっぱりと言う。

「精がつく薬よ」

「精がつくって……」

さえは頬を赤らめる。

「若い女を相手にするなら必要よ。あのろくでなし亭主、ただじゃおかない」

まつは鼻息荒く、掌に拳を打ちつけた。

「おまつさん、落ち着いて。そういう薬って決まった訳じゃないわ――。簞笥の中、まだ調べ終わってないでしょ。とにかく家捜しを終わらせましょ」

「うん……」

まつは眉間に皺を寄せながら簞笥の前に戻った。

さえは机の上の物を留書帖にしたためる。

何の薬を作っていたかは分からないが、庸ならばちゃんと謎解きをしてくれるだろう。

さえが書き物をしている間、まつは簞笥を調べたが、助五郎が女遊びをしている証になるようなものは見つからなかった。

諦めきれないまつは、さえに手伝わせて畳を上げて床板も調べたが徒労に終わった。

次に店と帳場も丹念に調べたが何も出てこない。

「あとは蔵だね」

目を血走らせてまつが言ったのは、子ノ刻（およそ午前零時）近くであった。

「蔵も調べるの？」

さえは店の板敷に座り込みながら言った。

冨士屋の蔵は、さほど大きなものではない。しかし、以前入れてもらった時、棚の上に数え切れないほどの木箱が載っていたのを見ていた。

「一日じゃ終わらないわよ。今夜はこれまでにして、お庸ちゃんに推当してもらおうよ。まだ手掛かりが足りないって言われたら蔵を調べるってことでいいでしょ」

さえはすがるような目でまつを見た。

「そうね……」まつは我に返ったように言った。

「とりあえず、得体の知れない薬を作っていることだけは分かったから」

頷いたまつは、「もう寝ましょ」と言ってさえを客間に誘った。

四

陽が甍の波の上に昇った頃、さえが息せき切って両国出店の土間に飛び込んで来た。

「いらっしゃい、おさえさん」

土間に立っていた松之助はさえの様子を見て「水を持って来ましょうね」と言って奥に入った。

「何か見っけたかい？」

庸は板敷に腰を下ろしたさえに訊いた。

「付け文は見つからなかったわ」

さえは懐から畳んだ紙を抜き、手を伸ばして帳場机の向こうの庸に渡した。

「助五郎さんの疑いが晴れたんなら結構じゃねぇか」

庸は紙を開きながら言う。

綺麗な文字で、助五郎の部屋にあった物が箇条書きで記されていた。

「でも、文机の上にあった物の使い途（みち）がどうしても分からないの。おまつさんは精のつく薬を作ってるんだって言ってたけど」

さえの言葉に、蔭間の敏造（としぞう）が帳場の裏から顔を出した。今日の追いかけ屋である。

「精のつく薬だって？」

「お前ぇはまだ若いから必要ねぇだろう。すっこんでな」

庸は舌打ちして、敏造の頭を押しやった。

「でもよぉ」庸は留書を畳む。

「書き物だけじゃ分からねぇな」と、水を運んで来た松之助を恨みがましく見た。

「松脂のような物とか、種のような物とか書かれても、現物を見なきゃよう」

「そう言われると思って」と、さえは懐から二つの小さな紙包みを出した。薬包紙のように台形に折ってある。

「気が利くじゃねぇか」

庸は言って紙包みを開いた。

一つの包みには褐色に光る欠片（かけら）が三つ四つ。もう一方には、ごく小さな黒っぽく丸い粒が五つほどあった。

「何だろうな」

庸は褐色の欠片に鼻を近づける。

松脂と言われればそうかもしれないと思われるにおいを微かに感じた。

黒っぽい粒のほうは、ほとんどにおいはしなかった。

帳場の裏から敏造が這い出して、素早く手を伸ばし、唾で濡らした指先に黒っぽい粒をくっつけて口に入れた。

「あっ、やめとけ！　毒だったらどうする！」

庸は敏造の腕を引っ張った。

「小さ過ぎて、口の中でどっかに行っちまった」

敏造は情けない顔をした。

「どれ、口を開けてみな」

庸は言って、敏造の口の中を覗いた。

「あ～あ、奥の虫歯の穴に詰まってやがるぜ」

庸は文机の隅から紙縒(こより)を取って、虫歯の穴から黒っぽい粒を掘り出し、紙を敷いてその上に落とした。

ふと思いつき、庸は粒の水気を紙で吸い取った後、筆の尻で押し潰した。薄茶色の小さな染みが紙に滲む。庸はそのにおいを嗅いだ。

「なんだか油みてぇなにおいだ」

庸はさえ、松之助、敏造に紙を嗅がせた。

「ほんとですね」松之助が言う。

「どこかで嗅いだにおいです」

「何かの種みてぇだから、種屋に訊きゃあいいんじゃないですかい？」

敏造が言う。

「いいとこに気がついたな」庸は黒っぽい粒を包み直して敏造に渡す。

「一っ走り、確かめて来てくれ」

「がってん承知！」

敏造は嬉しそうに立ち上がると、土間に降りて草履（ぞうり）を引っかけて飛び出して行った。

「じゃあ、こっちの松脂みたいなのは？」

さえが訊く。

「松之助、薄っぺらい鉄屑はなかったかな」

庸は松之助に顔を向ける。

「温めてみるんですか？　それなら、穴が空いて修理も出来なくなった鉄鍋があります。ヤットコで摘（つま）んで捻れば、一寸角くらいの欠片が採れます」

松之助は奥へ引っ込み、すぐに赤錆（あかさ）びた鉄板の破片をヤットコに挟んで持ってきた。もう片方の手に濡れた布巾と古い皿を持っている。

庸は文机の手燭に灯をともす。破片に褐色の欠片を載せ、ヤットコで挟んで蠟燭の火にかざした。

褐色の欠片はすぐに煙を発した。プクプクと泡立ち、音を立てる。

煙と共に、においが漂った。

「確かに松脂だな」

庸は鉄の破片を蠟燭から離す。松之助が濡らした布巾でそれを受け取り、古皿の上に載せて板敷に置いた。

「松脂って薬なの？」

さえが訊く。

「漢方では」松之助が言った。

「松に脂と書いて、ショウシと呼びます。もっとも、松脂を蒸留して油を抜いたものですけど。痛み止めや膿（うみ）を出す薬として使います」

「なんでぇ、お前ぇ、漢方にも詳しいのかい？」

庸は驚いて訊いた。

「本草学（ほんぞうがく）を少々。湊屋の本店（ほんだな）には、ここよりも色々な貸し物を求めてお客様がおいでになりますんで」

本草学とは、中国から伝わった薬物に関する学問であるが、研究は薬物以外にもわたって、博物学的な色合いが強い。

「松脂そのままでは薬にならないのね」

さえは顋に人差し指を当てて小首を傾げた。

「そういうこったな」庸が言う。

「しつけ糸は何に使ったんだろうな……」

庸は留書を見ながら言う。

「釣り糸じゃないの？」

「違うよ。しつけ糸じゃぁ、ちっちゃな魚が掛かっただけで切れちまう。釣り糸には、天蚕糸（テグス）ってのを使うんだ」

「なにそれ？」

「天蚕（てんさん）っていう蚕（かいこ）の腹の中から、繭を作る元になる臓腑を引っ張り出して乾かした糸だよ」

「気持ち悪い」

さえは顔をしかめた。

「元々は唐物（からもの）（中国からの輸入品）だ。荷物を結わえる紐に使われてたのを漁師が釣り糸に使い始めたんだそうだ。ウチが貸した釣り道具にも天蚕糸が入ってる」

「ふーん。それじゃあ、釣りとは関係ないんじゃない？」

「そうかもしれねぇが……」

庸が腕組みして下唇を噛んだ時、敏造が飛び込んできた。

「どこかで嗅いだにおいのはずですぜ。これは荏胡麻（えごま）だそうです」

「あっ、荏胡麻かい」

庸はポンと手を打った。

「なんで気がつかなかったんだろう」

松之助は眉間に皺を寄せて、自らの月代をコツンと叩いた。

荏胡麻は、種子を搾って食用油として使われていたが江戸時代は菜種油に取って代わられていた。

荏胡麻油は、油紙や、雨合羽、番傘の防水塗料として使われている。

「まぁ、梅雨時ならば、すぐにピンときたろうぜ」

「荏胡麻は薬じゃないの？」

さえが訊く。どうしても精をつける薬という話に引っかかっているらしい。

「白蘇葉とか荏とか呼ばれる、風邪の咳や寒気、腹下しなんかに効く薬です。松脂同様、強壮薬じゃないですね」

「そう……。じゃあ、おまつさんの読みは大外れだったってわけね」

「松脂に荏胡麻に白いしつけ糸か」

庸は呟く。

「それから、釣り鉤ね」

さえが付け加える。

「鑢と手燭と硯箱も書いてありやすぜ」

敏造が留書を覗き込みながら言った。

「鑢以外は文机につき物ですよ」

松之助が言った。

「いや、手燭は松脂を溶かすのに使ったんだろうから、一括りだな」庸が言う。

「匙に残った松脂は固まっていた。熱すると溶ける――。ってことは、何かを固めるために使った」

「何を？」

さえが訊く。

「それを考え中だ」

庸は腕組みをして天井を見上げる。

文机の上の物で固められそうなのはしつけ糸か。だけど、固めたって細い針金みたいになるだけだ――。

鑢は何に使った？

何かを削るため――。

机の上の削れそうな物は、固まった松脂と釣り鉤くらいか。

釣り鉤を細工するために使ったか？

ああ、その場にいたらなぁ。鑢の目に詰まった物を見りゃあ、何を削ったのか分かったのに。

けれど、さえを咎めるわけにはいかない。何をどう調べたらいいかさえ分からなかったのだから――。

「なぁ、松之助」と、庸は松之助に訴えるような目を向ける。

「今回は、心を入れ替えて、借り主の抱える厄介事に首を突っ込む時には、出来るだけ店の迷惑にならねぇようにと思って頑張ってみた。だけどよう、これ以上、帳場に座りながら推当てしても、おまつさんの助五郎さんへの疑いは解けねぇぜ。こいつは夕方に出かける助五郎さんの後を尾行るのが手っ取り早ぇとは思わねぇか？」

「助五郎さんが借りた釣り道具を目的外に使おうとしているというのなら、お庸さんが品川まで行く理由になります。けれど、そうじゃないでしょ？」

　松之助は冷たい表情で庸を見る。

「うん……」

　庸が眉を八の字にして頷くと、松之助は人差し指を立てて前に突き出した。

「一日だけですよ」

「松之助ぇ～」

　庸は松之助の手を取って、大きく振った。

「あ～ら。二人はつき合ってたの？」

　とさえがからかう。

　庸はパッと手を離して顔を紅潮させる。

「そんなんじゃねぇよ」

「てっきり心変わりしたのかと思ったわ。男と女なんて、ずっと近くにいりゃあ気持ちが移っても不思議はないもの」

さえは意地悪く微笑(ほほえ)んで見せる。庸が湊屋の主(あるじ)、清五郎(せいごろう)に懸想(けそう)（恋）していることを知っているのである。

「それ以上、言うんじゃねぇぞ」

庸はあたふたと帳場を立つ。

「松之助、店を頼む。約束通り、一日で済ませて来らぁ」

土間に飛び下り、外に駆け出そうとした庸に、さえが声をかける。

「品川の冨士屋の場所や、助五郎さんの顔、知ってるの？」

庸はピタリと立ち止まり、さえを振り返った。

「戻ったばかりで悪いが、品川までつき合ってくれ」

「美味しいご飯をご馳走してね」

さえは立ち上がる。

「それはお門違いってもんですよ、おさえさん」と松之助が言った。

「おまつさんはお庸さんに力を借りに来た。ならば、その力の損料を払わなければならないでしょ。お食事も茶菓も、そちら持ちというのが当たり前でございますよ」

「そりゃそうだ」さえは肩を竦める。

「おまつさんに出してもらうよ」

庸とさえは並んで店を出て行った。

それを見送って、松之助は敏造に顔を向ける。

「今回は危ない仕事とも思えませんが、蔭間長屋から誰か一人、お庸さんにつけてもらえませんか。お代は湊屋がお支払いします」

「帰りは夜でしょうから、用心に越したことはありやせん。ちょっくら行って、腕っ節の強い奴に追わせます」

「護衛がついたと知れば、お庸さんは『余計なことを』と怒るかもしれないので、こっそり見守るようにお話しください」

「分かりやした」

敏造は土間に降りた。

五

庸とさえが、品川南本宿の冨士屋の近く、路地に身を潜めたのは、頭上の青い空が白っぽく色を失って、西の天に黄色みが差した頃であった。

小半刻（約三〇分）も待たずに、助五郎が釣り道具を持って外に出て来た。

庸とさえは距離を空けて助五郎を追う。

助五郎は中ノ橋を渡って目黒川の北岸、寺が建ち並ぶ界隈を右に見ながら川縁（かわべり）を歩いた。しばらく進むと周囲に田畑が広がった。

助五郎は河岸の茅（かや）の中に歩み込んだ。

見失わないようにと、庸とさえは急ぎ足で追う。

茅の茂みには、踏み分け道が出来ていて、助五郎を見失うことはなさそうだった。

前方に川面が見えてきた時、助五郎は右に曲がった。

助五郎は自分が通ったために偏った茅を直しながら進む。秘密の釣り場が分からないようにするための細工であろう。庸とさえもそれに倣（なら）って茅を真っ直ぐにしながら後を追った。

庸とさえは、助五郎が曲がった辺りで立ち止まり、様子を窺った。

助五郎は水際のちょっとした空き地にしゃがみ込んで釣りの用意をしている。竿を継ぎ、道具箱から仕掛けを出して結ぶ。竿は、節の細工や曲がりの矯正も適当で、見るからに安物であった。長さは六尺ほど。しかし、本当はその長さの竿ではなく、長い竿の元の部分を何本か繋がずに短くして使っているようだった。使い勝手を考えてか、持ち手に凧糸を巻いている。

空が茜に染まる。それを映した水面に、小さな波紋が幾つも広がっている。

雨が降ってきたと思ったのか、さえが空を見上げる。

「魚が餌を食ってるんだよ。よく見れば時々口元が見える」

庸がさえの耳元で囁（ささや）いた。

「水面に餌があるの？」

さえが囁き返す。

「夕方、羽虫が水の底から泳ぎ昇って羽ばたくんだそうだ。魚はそれを食うんだとよ」

庸がそう答えた時、助五郎が懐から何か出した。それに手を突っ込み、摑み出した何かを口に入れる。

そして、口の中の物を勢いよく吹き出した。

水面に、無数の波紋が広がる。

一拍おいて、その周辺に幾つもの水飛沫が上がった。

助五郎は竿を振り込む。

なるほど、と庸は思った。口に含んだ物を吹き飛ばし、水面に落ちた辺りに鉤を落とすんなら、長い竿は必要ない。六尺もあれば充分ってわけか——。

すぐに竿先がクイッと曲がり、ブルブルと震えた。

助五郎は竿をあおる。水面を割って五寸（約一五センチ）ほどの魚が釣り上げられた。

助五郎は竿を高く上げて魚を引き寄せると、口に刺さった鉤を摘み、小さく捻る。

魚は鉤から外れ、水に落ちた。

助五郎はもう一度竿を振り込む。

すぐに竿先が曲がり、また魚が釣れた。同じ動作で魚を逃がすと、また竿を振り込む。

助五郎はそれを何度も繰り返したが、十尾ほど釣ると、反応が無くなった。

懐から何か出し、口に含んで吹き出す。

それが水面に落ちると同時に水飛沫が上がり、竿を振り込むとすぐに魚が掛かる。

「なんで魚を逃がすの？」

さえが庸に訊く。

「さぁ……」

せっかく釣れた魚を逃がす——。鰔釣り（たなご）では、釣ることだけを楽しみ、魚は逃がすという遊びがある。鰔は小さい魚だから、専用の竿があり、名人が作ったものはかなりの金額で取り引きされる。両国出店にも何組か置いていた。

鰔釣りのように、釣り味だけを楽しむ道楽か——。

口に含んで吹き出しているのは、おそらく荏胡麻の種だろう。少し嚙んでにおいが出るようにして水に撒き、魚を集める。石斑魚は悪食だというから、においの強い荏胡麻に引き寄せられるのだろう。

釣り鉤には、掛かった魚を逃がさないように、〝返し〟と呼ばれる小さい棘（とげ）がある。その〝返し〟が口の肉に食い込んで魚が暴れても外れないようになっているのだ。

鰔釣りの鉤には、魚を出来るだけ傷つけないように〝返し〟がついていない。そのために鉤はすぐに外れ、釣り逃がすことも多いのだが、釣った魚をすぐに逃がし、手際よく次の振り込みが出来、釣り上げる魚の数を増やせる。

助五郎の机の上にあった鑢は、鉤の〝返し〟を削り落とすためのものではなかったか？

だから助五郎は釣った魚をすぐに逃がすことが出来ている。庸はそう推当てた。

だが、しつけ糸と松脂の使い途が分からない。

「ねぇ、お庸ちゃん。伯父さん、餌をつけている様子がないんだけど。何か気持ちの悪い術でも使っているのかしら。あんなに、何匹も何匹も釣り上げるのは気味が悪いわ」

さえの言葉を聞き、庸の頭に閃くものがあった。

「そうか。毛鉤と同じか」

「けばり？　なに、それ」

「羽虫に似せて作った鉤だよ」

「ああ、水面で羽ばたく羽虫だと勘違いさせて魚を釣るのね。伯父さんは毛鉤を使っているのか」

さえは頷いた。

「いや。毛鉤じゃない。助五郎さんの鉤にはきっと、荏胡麻に似せた物がついてるんだ」

「荏胡麻に似せた物って何？」

「あくまでも推当だが、鉤にしつけ糸を巻いて小さな玉を作る。それに溶かした松脂を染み込ませて固める。すると、荏胡麻を鉤に刺したような形になる」

「ああ、しつけ糸はそういう使い方をしたのね」

「たぶんな。水面に荏胡麻を撒けば、魚は夢中になって食う。その中に偽物の荏胡麻のついた鉤を投げ込めば、魚は騙されて食いつくが、糸を松脂で固めたものだから無くならない。毛鉤と同じ考え方だ。〃返し〃を削ってあれば、手返しよく魚が釣れる」

「なるほど――。すると、伯父さんの部屋にあった物は、みんな釣りのための道具だったってことね」

さえは得心したように、しかし、少しがっかりしたように言った。

「そんな釣り方、誰かに教わったのかしら」

「さてな――。本で読んだか、誰かに教えられたか」

「でも、何で急に？」

「ウチにも色んな道楽にはまった奴らが道具を借りに来るけど、やってみたくなってすぐに借りに来たってのがずいぶん多いぜ。男の考えなんてガキみてぇなもんだから、やりてぇとなったら堪え性がないんだろうな」庸は言葉を切ってさえに顔を向ける。

「女と逢ってるんじゃないってことが分かったんだから、おまつさんに知らせて来な」

「でも、たまたま今日は釣りで、別の日は女に逢ってたってこともあるかもしれないわよ」

「腕前を見たろうが。あれだけ手返しよく魚を釣るには調練が必要だ。ずっとここに通い詰めてたんだろうぜ。おまつさんに心配するなって言ってもいいと思うぜ」

「分かった――、でも、お庸ちゃんは？」

「おいらは、助五郎さんにちょいと文句を言いたい。借りてぇ物があるんなら、手前ぇで借りに来なってな」

「おまつさんとかあたしが訪ねて行ったことは内緒だよ」

「分かってるよ。おまつさんに知らせたら、品川北本宿の品川屋っていう貸し物屋で待ってな。湊屋の出店じゃねぇが、主は知り合いだから『庸と待ち合わせてる』って言やあ、茶くれぇは出してくれらぁ。こっちがすんだらすぐに行くから、一緒に帰ろう」

「うん。それじゃあ、行って来る」

さえは言うと、茅の踏み分け道を戻って行った。

空は鮮やかな色を失い、濃藍色に染まりかけていた。星が三つ四つと輝き出す。

助五郎は唐突に竿を振るのをやめた。どうやら餌が切れたようであった。

天蚕糸を取って仕掛け巻きに巻き取り、竿の継ぎを外し、竿袋に入れて、道具箱の紐を肩に掛けた。

庸は立ち上がり、曲がり角から出た。

助五郎は突然現れた人影に、ギョッとしたように立ち止まり身構えた。

「だ、誰でぇ？」

「湊屋両国出店のお庸だよ」

それを聞いて、助五郎はホッとしたように体から力を抜いた。

「なんでぇ、貸し物屋か……。湊屋のお庸がなんで品川くんだりまで来てるんでぇ？損料は前払いしたはずだぜ」

「自分で借りに来ねぇ奴には何か裏がある。だから確かめに来たのさ。案の定、借りた釣り道具を使わずに、自分の道具を使ってる。自分の道具があるのに、なぜウチから借りた？」

「お前ぇには関係ねぇだろ。ちゃんと損料は払ってるんだ」

「金を払っていりゃあいいってもんじゃねぇんだよ」

庸が睨むと助五郎は怯んで身を引いた。

「推当ててみようか？　お前ぇ、釣りは子供の頃に一度手を出してみたものの、長続きせずに終わった。だけど、最近になって友達にこっそり釣りに誘われた。御法度だってことは知ってたが、話の流れで、『おれは釣りが得意だ』なんて言っちまったんだろう。友達は『じゃあ、腕前を見せてみろよ』とけしかける。お前ぇは『いいとも』と言いながら、『こいつはまずいぞ』とも思った。そこで『それなら釣り比べをしようぜ。どっちがいっぱい釣るか、どっちが大物を釣るか競おうじゃねぇか』って話になった。とりあえずお前ぇは少しは心得がある。ちょっと調練すりゃあと思い、

『じゃあ、二十日後ってのはどうでぇ』って、時を稼いだ。釣り比べの時に自分の家にある古い安物じゃあ格好がつかねぇから、おいらんとこからいい竿を借りた。新品じゃそれらしくないから、使い込んだやつって注文をつけた。どうでぇ？」

「ううむ……。あらかた当たってるぜ」

　助五郎は渋い顔をした。

「御法度になってても遊びの釣りをしてる奴は思いのほか多いんだな」

　庸は言った。

「友達に五、六人はいる。おれの友達だけでそれくらいいるんだから、江戸中、日本中を考えりゃあ、数え切れないだろうぜ。生きたまま逃がしてやりゃあいいだろうって、気にしねぇ奴はいっぱいいる」

「生きたまま逃がしたって、鉤で口を引っかけて魚を虐めてるのは確かだろう」

「釣り好きはそんなことまで考えねぇよ。もっと大きくなっておれに釣られろなんて言って放す奴もいる」

「馬鹿だねぇ」庸は苦笑いする。

「御法度は有名無実か」

「そんなことはねぇと思うぜ。御法度を恐れる小心者のほうがずっと多い」

「なるほどねぇ」と言って庸は話題を戻す。

「色々と推当てたが、おいらにも分からなかったことがある。荏胡麻を吹いて石斑魚を釣る方法はどうやって知ったんだ？　本で読んだか？　誰かに教わったか？」

「こっそり釣りの稽古が出来る場所がないかと目黒川沿いをうろついている時に、一度振り込めば必ず魚を掛け、凄い勢いで釣ってる爺ぃ（じじ）を見かけたんだよ。ちょいと藪（やぶ）に入ればすぐに見えるところだったから、魚を料理屋に売る川漁師だったんだろう。何かを口に含んで水面に吹いたら魚が水飛沫を上げてそれを食いだした。振り込んですぐに魚が掛かり、爺ぃは竿を上げた。枝鈎（えだばり）になってたから、三匹、四匹が一気に釣り上げられた。爺ぃはさっと魚を魚籠（びく）に入れて、また竿を振り込んだので、こりゃあ鈎に〝返し〟がねぇなって分かった。そして餌をつけてねぇ様子から、鈎に仕掛けがあることも分かった。後は、撒き餌に何を使っているかを知れば、真似ができる。見たこともねぇ釣法（ちょうほう）だったから、こいつは勝てると思った。数釣りなら絶対に負けねぇ。爺ぃは魚籠が一杯になると帰って行った」

「で、何を撒き餌に使ったか、訊きに行ったかい？」

「そんな格好の悪いこと出来るかよ。爺ぃが帰った後、そこへ行ってみたのさ。もう暗くなってたが、川縁の石の上に、小さな粒がたくさん落ちていた。口に入れてたから、体に悪い物じゃねぇと思い、口に入れて噛んでみた。それで荏胡麻だって分かった」

「なるほどな。それで鈎に荏胡麻に似せた物をくっつけたかい」

さえからの話で、しつけ糸と松脂を使ったことは分かっていたが、それは言わなかった。助五郎の部屋を見ない限りそういう細かいところまでは分からないからである。

「そう。糸を巻いて玉を作り、松脂で固めた。松脂はにおいがきついからどうかとも思ったが、膠（にかわ）よりも扱いが簡単だからやってみた。思いのほか釣れたからそのまま使ってる。明日からは枝鉤を試すつもりだった――。で、どうする？　湊屋両国出店のお庸は、かなり厳しいって聞こえてる。借りた釣り道具、取り上げるかい？」

「どうするかなぁ――。おいらの推当が当たっているんなら、お前さんは悪いことに貸し物を使おうってわけじゃねぇ。まぁ、御法度になってる遊びの釣りをしようってんだから、悪いことには違いねぇが、そいつには目をつぶろう――。見栄っ張りの道具に使われるってのはちょいと気に食わねぇが、取り上げるほどのことでもねぇ」

しだいに暗くなる景色の中、助五郎は情けない顔で庸を見つめている。

「まぁ、好きなようにすりゃあいいさ。道具は取り上げねぇよ」

庸は言った。

「本当かい」

助五郎はホッとした顔になる。

「だけどよう、安い竿で数多く釣り上げ、『釣りは道具じゃねぇんだ』って言ってやればより格好いいと思うぜ」

庸は「じゃあな」と言って踵（きびす）を返した。

六

庸が助五郎と話をして半月ほど経った昼。

その助五郎が矢ノ蔵の白壁の前を歩いて来るのが見えた。道具箱の紐を袈裟懸けにして、手に竿袋を持っている。

朝の客が一段落していたので、庸と松之助、今日の追いかけ屋の綾太郎は、板敷で茶を啜っていた。

「助五郎が来たぜ。お前ぇたちはちょいと奥へ行っててくれ」

庸は追い払うように手を動かす。

「厄介な話でもあるのかい？」

綾太郎が訊く。

「いや、もしかするとあいつの面子に関わるような話になるかもしれねぇからさ。事情を知らない者には聞かれたくあるめぇ」

「なるほど。事情は知ってるが、それを向こうは知らねぇからな」

綾太郎は湯飲みを持って帳場の裏に入る。

松之助は盆を持って奥へ入り、庸は帳場についた。

「釣り道具を返しに来たぜ」

助五郎は言いながら暖簾をくぐった。

「三日ほど早ぇから、その分の損料を返すぜ」

庸は算盤を弾く。

「いや」助五郎は板敷に道具箱と竿袋を置き、腰を下ろした。

「お前ぇさんに品川くんだりまで出張らせたからな。その手間賃ってことで取っといてくんな」

その分の礼は、さえとまつから菓子折をもらっていたが、二人のことを言うわけにもいかなかったから、

「そうかい。じゃあ、ありがたくもらっておくぜ」

と庸は答えた。

「で、釣り比べはどうだったんだい？」

「負けた負けた」助五郎は苦笑して月代を叩く。

「欲をかいて枝鉤にしたのがまずかった」

「重過ぎて釣り上げられなかったかい」

「竿が折れた」

「えっ？」

と、庸は板敷に置かれた竿袋を見た。

「違う違う」助五郎は顔の前で手を振る。

「借りた竿は使わなかった。折れたのは、お前ぇさんと会った夕方に使ってた竿だよ」

「なんで貸したやつを使わなかった？　あの竿は細いけど丈夫なことで有名なんだぜ」

「あの夕方、お前ぇさんが言ったじゃねぇか。安い竿で数多く釣り上げ、『釣りは道具じゃねぇんだ』って言ってやればより格好いいと思うって」

「で、やったのかい」

庸は呆れた顔をする。

「やった。場所は目黒川。あの場所のちょっと上流にもう少し広い川原があってな。藪が深いから道からは見えねぇところで、多少人数が多くても釣りが出来る。夕方、陽が沈むまでってことで、そこで四人の友達と竿を出した。夕まずめ時は魚がよく釣れるから文句は出なかった。だが、友達連中はおれの釣法を見て目を丸くした。枝鉤をつけてたから一投で三尾ずつ。次々に釣り上げたから気分がよかったね。だけどその後竿がポッキリだよ」

「試したんじゃなかったのかい？」

「何回も試し釣りをしているうちに竹が弱っちまったんだろうな。それに加えてでかい石斑魚が掛かっちまったんだよ。尺近ぇ奴がよりにもよって、三尾。グンッと引かれてすぐに合わせ、竿を上げたら、ほんの一瞬、三尾の姿が見えたが、直後に竿が折れた」

「竹ってのは縦には裂けるが、横にはなかなか折れねぇもんだが、引きずり上げられなかったのかい？」

「子供の頃に買った竿だったからな。油っ気も水っ気も抜けて乾ききってたんだよ。昔、乱暴に使ってたから傷があったのかもしれねぇ。折れた竿先は、凄い速度で岸から離れて行った。〝返し〟がない鉤だから今頃は外れてるだろうが、〝返し〟がある鉤だったら、折れた竿先がどこかに引っ掛かって、三尾の尺石斑魚は死んじまってるだろうな」

「不幸中の幸いってやつかな」

「釣られて食われるんなら連中も諦めがつこうが、間抜けな釣り人のドジのせいで、命を落とすのはつまらねぇだろうからな」

「せっかく大枚はたいて借りてったのに、ウチの釣り道具と竿は使わずじまいか。おいらが余計なことを言ったために、気の毒をしたな」

「いや。粋（いき）の入り口を教わったような気がする。今までのおれはずいぶん野暮だった」

助五郎は溜息をつきながらゆっくりと庸に顔を向けた。

「粋の入り口なんか教えたつもりはねぇぜ」

庸は片眉を上げげる。

「両国出店から借りた竿は、おれの小遣いじゃ買えねぇ代物だ。見栄を張って借りるってのが、格好悪いことだって気づいたんだよ。それで、自分の竿で釣り比べに挑んだのさ。調子よく釣っていたが竿が折れた。そこでまた気がついた。友達よりもいっぱい釣りたいって見栄で枝鉤を使わなきゃ、きっと勝ってた。いや、そもそも勝とうとか釣り比べしようなんて考えが、よくなかった。『釣りなんか子供の頃にしたっきりだから、一緒に腕を磨こうぜ』って言やぁよかったんだよ」

「ずいぶんいい人になったじゃねぇか」

「いい人になったわけじゃねぇが」助五郎は恥ずかしそうに月代を掻く。

「無理をすりゃあ、野暮になる。いい道具を買い揃えようとしたり、仕事をほっぽらかして遊んで女房に怒られるのは野暮だ。人に格好よく見られてぇなんて考えるのも野暮。しっかりと仕事をした上で、身の丈に合った遊びを悠々とするのが粋だ」

「そういう遊びをするんなら、お前ぇの女房も悪い顔はしめぇぜ」

「釣り比べに負けた後、ちゃんと話して頭を下げたら、鳩が豆鉄砲をくらったような顔をしていたぜ」

「道楽でずいぶん苦労をかけてきたんだな」

庸は知らぬ振りをしながら笑った。

「打つと買うだけはしなかったが、それ以外はけっこうやったね。これからは腰を据えてじっくりと取り組めそうな道楽を見つけるよ」

「物作りだけはやめておきなよ。作った物で座敷が埋まるってブックサ言うおかみさんを何人も知ってる」

「ああ、なるほど。そういうところにも気を回さなきゃならねぇな」助五郎は腰を上げる。

「じゃあな。また何か借りに来ることもあるかもしれねぇから、そん時はよろしく頼むぜ」

「次はおさえちゃんを使わずに自分で来いよ」

「そうするよ」

助五郎は店を出た。

帳場の裏から綾太郎が、奥から松之助が姿を現し、板敷に座って矢ノ蔵の前を歩く助五郎の後ろ姿を見た。

「落着でございますね」

松之助が言う。

「まぁ、おまつさんの勘違いだったってだけのことだがな」

庸は肩を竦める。

「それでも、助五郎が粋を目指そうとするきっかけになったんだからいいじゃねぇか」

綾太郎が言う。

「それがいいことか、悪いことかは微妙だぜ。今までの道楽は忘れて、あたらしい粋の道を究めるって道楽が出てきたわけだから、おまつさんにとってはありがた迷惑かもしれねぇよ」

「助五郎さんとおまつさん、二人で落としどころを見つけるしかありませんね」

松之助も肩を竦める。

「夫婦だけじゃなく、人と人との関係なんかみんなそんなもんだよ」綾太郎が言う。

「誰もが落としどころを探しながら生きてるんだ」

「そうだよな」庸は帳場机に肘を置き頬杖をつく。

「おいらなんか、相手にこっちの落としどころを押しつけてばかりのような気がする」

「今回はそうでもなかったじゃないか」

綾太郎は慰めるように言う。

「店を空けないように努力もなさっていましたし」松之助が言った。

「周りからいくら言われても、本人が気づいてその気にならなければ、人は変わりませんからね」

「それはおいらに言ってるのか？」

庸は眉間に皺を寄せて唇を尖らせた。

「おしなべて人はって話ですよ」

松之助はニッコリと笑って立ち上がり、奥へ入った。
庸は「ふんっ」と鼻を鳴らし、頬杖をついたまま外を見た。
矢ノ蔵の白い壁の前を、赤とんぼの一群が飛んで行った。

火の用心さっしゃりやしょう

盆が過ぎて、朝夕はかなり冷え込む日が多くなり、木々の葉がわずかに黄色や紅色に染まったと思ったら、遠く見える山並みは頂から恐ろしい勢いで鮮やかな色に変わっていく。

賑やかに鳴いていた虫の音が少なくなって、草むらからチラホラと聞こえるだけになると、町の人々は晩秋の寂寥(せきりょう)を感じるようになる。

ある夜。庸(よう)は、店仕舞いした後、台所の板敷で手燭を灯し、仕事着のまま夕餉をとっていた。食べ終わったら二階に上がり、着替えを持って湯屋へ行く。それがいつもの流れであった。

誰かが蔀戸(しとみど)を叩いた。

店仕舞いした後も、客が来ることはよくあったから、庸はすぐに土間に出た。

蔀戸越しに「誰でぇ？　見ての通り、もう店仕舞いしたんだ。急な用じゃなきゃあ、明日にしてくれよ」と言った。

『悪いな。橋本町の兵衛六(へえろく)だ』

と、年寄の、痰(たん)の絡んだような声が言った。

「ああ――。橋本町のご隠居かい。夜分に何の用だい？」

兵衛六は褌をはじめ、色々な物を借りに来る常連であった。

『若ぇ者がさ、おれの拍子木を忘れちまってよ。腹を立ててたら、この店が近くにあることを思い出してさ。いつもあれやこれやを借りに来てるから、融通が利くんじゃねぇかと思ってよ』

「今年も夜回りの季節かい」

兵衛六は、火の用心を呼びかける夜回りをしている。橋本町から出て小路をぐるぐる廻り、米沢町のほうまで歩いていた。

鳶の親方で、多くの鳶を抱えていたが、数年前に跡目を息子に譲り、悠々自適の隠居生活を送っていた。夜回りを始めたのはそれからである。

『ああ。始めるのはもうちょいと先だが、若ぇ者を鍛えなきゃならねぇから』

「なるほどな。ご隠居は声がいいって評判だから、跡を継がなきゃならねぇ奴らも大変だ」

『お世辞でも嬉しいぜ』

「拍子木が借りてぇんだな」

庸は潜り戸を開ける。

白髪の老人が腰を屈めて土間に入って来た。縞の着物を尻端折りして、綿入れの袖無しを着ている。脚は厚手の股引。首元に手拭いを結んでいた。

「すまねぇな」

と言って、兵衛六は上がり框に腰掛ける。

「どんな拍子木がいいんだ？」

庸は板敷に上がって、兵衛六の側に行灯を動かして、手燭の火を移す。

「どんなのでもいいよ。どうせ今日一日だ。明日からは使い慣れたやつを使うから——。だが、生憎、財布を家に忘れて来ちまった。安いほどいいな」

「損料はツケかい」

「店仕舞いの後に押し掛けて、損料はツケだなんていうのは申しわけねぇ。橋本町の自身番に若ぇ者がいるから、そいつらに払わせる。おれの拍子木を忘れた罰だ」

自身番とは、正しくは自身番屋といい、江戸市中を警備するために各町内に設置された番屋である。元々はその町の地主たちが、人を雇うのではなく、自身で交代で番屋に詰めていたので、自身番屋と呼ばれるようになった。

不審者を捕らえれば自身番に連れて来て、定廻同心に引き渡すという奉行所の御用も勤めたし、人別帳（戸籍簿）の記入なども行った。

また、火事になると自身番に備えられた梯子の上の半鐘が鳴らされ、火消たちが自身番に駆けつける。火消道具も備えられ、現代でいう消防署の役割もあった。

江戸時代初期の消防は、武家地は武家が、町人地は町人が火を消すことになっていて、組織的な消火は行われていなかった。

幕府は色々な火消の組織を試したが、四代将軍徳川家綱の時代、方角火消、定火消が設けられ、火消役の大名や旗本を長とした組織が出来、武家地、町人地の別なく消火が行われるようになった。

　町人による本格的な消防組織である町火消、屋根の上で纏（まとい）を振る火消が現れるのはまだまだ先、享保（きょうほう）の改革以後である。

　木造家屋ばかりである江戸において、いったん火事が発生すれば、瞬く間に燃え広がり、大火となることが多々あった。ゆえに、消防のほかにも火を出さないことが重要であり、江戸時代初期より、火の用心の夜回りは行われていた。

　大抵の夜回りが、町内で行われていたが、橋本町のご隠居兵衛六は、鳶の親方ということもあり、足腰の鍛錬と称して、ほかの町まで夜回りに出かけていた。

「橋本町のご隠居ともあろうものが、安っぽい拍子木を使うわけにもいくめぇから、そこそこのやつを見繕って来るぜ」

「いや、かえって、ボロボロのやつがいいかもしれねぇ。若ぇ者たちが、橋本町のご隠居にとんでもねぇ拍子木を持たせちまったって、大いに反省するかもしれねぇからな」

「なるほど。それは面白ぇな」

　言って、庸は奥へ入り、棚の上から一番古い安物の拍子木を取って戻った。

　長さ一尺（約三〇センチ）程の、四角い木の棒が二本、紐で繋がっている。ささくれだけは手に刺さると危ないので削り落としていたが、全体に打ち跡の傷があり、あちこちの角がへこんでいた。

「こいつぁ、ひでぇ拍子木だな」

兵衛六はしかめっ面をしたが、口元は笑っていた。

「どうする？　もう少しましなのにするかい？」

「いや、これでいいよ」

兵衛六は紐を首にかけ、二本の棒を両手で持って、重さを確認するように小さく振った。

「叩いて試しゃあいいのに」

「名人が叩けばでけぇ音が出るんだよ。こんな狭ぇところで叩いたら、耳がおかしくなっちまわぁ」

「そんなもんかい」

「そんなもんだよ」

「それで――、若ぇ者をどう鍛えるんだい？」

「一緒に来てみるかい？」

兵衛六は悪戯っぽく笑った。

「一緒に行ってもいいのかい？」

「勿論だとも。一度、お庸ちゃんと肩を並べて歩いてみたかった。なんなら、手を繋いでもいいぜ。そのまま出合茶屋へしけこもうか」

兵衛六はニヤリと笑う。

出合茶屋とは、現代のラブホテルのようなものである。

「助平爺ぃ」

庸は笑った。

兵衛六は潜りを出る。庸も続いた。

庸が戸締まりを終えるのを待って、兵衛六はブラブラと右手の橋本町のほうへ歩く。

一向に火の用心を告げる様子がないので、

「なんだい。拍子木は叩かないのかい？」

と庸は訊いた。

「始めるのはもうちょっと先って言ったろう。火の用心の声を聞けば、町の衆は知らない間に冬が来たとびっくりして暦を確かめる。それで、『なんだ、橋本町のご隠居は耄碌（もうろく）したかい』と腹を立てる。明日の朝、文句を言う奴らが家に押し掛けてきたら嫌だからな」

「だったらなんで拍子木を借りに来たんだよ」

「番屋で軽く叩いて稽古をさせるのさ」

「軽くかい」

「言ったろう。拍子木の上手が叩けば、ビックリするくれぇ、でけぇ音がするんだよ」

「ああ――。そういやぁ、ずっと遠くからも聞こえるな」

庸は軽く肩を竦めて兵衛六に並ぶ。

「お前ぇ、ちょっとでかくなったんじゃねぇか？」

兵衛六は横を歩く庸を見る。目の高さは庸のほうが少し上だった。

「店を始めた頃とたいして変わらねぇよ。お前ぇさんが縮んだんだぜ」

「うーむ。ちょっと前ぇに計った時にゃあ、若ぇ頃より一寸（約三センチ）ばかり縮んでたからな。そりゃあ、あるかもしれねぇ」

まだ町木戸が閉まる刻限ではなく、町には人の往来があった。飯屋や居酒屋の明かりがぽつりぽつりと灯っている。

空には星が瞬き、家々の影がそれを切り取っていた。

「老いなんてまったく考えなかった。ある時、鏡に映った目尻の皺を見て愕然とした。それからは坂道を転がるみてぇに、あちこちが痛むようになり、髪や髭に白い物が交じり、背丈まで縮んじまった――。お庸ちゃんよ。若ぇうちはアッと言う間だぜ。仕事ばかりしてちゃあ、いつの間にか婆ぁになってるぜ」

しんみりとした口調であった。

「余計なお世話だよ。そういうことは身内に言ってやんな」

「身内には口が酸っぱくなるほど言ってるさ。お前ぇさんとは物を借りに行く時に、軽口を叩くくれぇだったからよ。こうやって話をするのは初めてだから、つい説教臭い話をしちまった」

「言われた身内はどんな様子だい？」

「家の者も弟子らもしおらしく聞くがな。たぶん、右耳から左耳へ抜けてるよ」

「だろうな」庸は笑う。

「若い連中は、年寄にクドクドと言われるのが嫌ぇだからな」

「大切な話をしてるんだぜ。生き方とか、仕事のコツだとかよう」

兵衛六は唇を尖らせる。

「そういうのは、後から効いてくるんだよ」

庸は言った。

「なんでぇ」兵衛六はニヤリと笑う。

「利いたふうなこと言うじゃねぇか。小娘のくせによう」

「もうそろそろ小娘って歳でもなくなるんだがよ——。これでも、商売をしてるんでぇ。ただの町娘なんかよりずっと多くの人と出会う。口が悪いもんだから、小言ももらう。『てやんでぇ。おいらの勝手だろ。気に食わなきゃほかに行ってくんな』って啖呵で返す」

「ウチの連中よりひでぇや」

六兵衛は笑った。

「だけどよ。しばらくして、店仕舞いした夜、床についた後にフッと思い出すことがあるんだ。『ああ、あの人はおいらのことを思って言ってくれたんだ』って。一年経って思い出すこともある。お前ぇさんだって、若ぇ頃はそうだったろうが」

「そういうこともあったなぁ」

と六兵衛は星空を見上げた。

「お前ぇさんが『今の若い者は』って舌打ちするように、お前ぇさんが若い頃も舌打ちされてたんだよ。だとすりゃあ、お前ぇさんが立派な鳶の親方になったように、お前ぇさんに舌打ちされた者たちの中から、立派な鳶の親方が出てくるんだ」

「小娘に教えられ、慰められるとはなぁ。おれもヤキが回ったか」

「小娘だろうが、爺婆だろうが、気づいてる奴が気づいてない奴に教えりゃあいいのさ。お前ぇさんはまだましだぜ。おいらに教えられ、慰められたって感じられるんだから。普通の爺婆なんか『余計なお世話だ』って怒るぜ」

「それならお前ぇと同じじゃねぇか」

兵衛六は大笑いした。

「ほんとだ」庸は苦笑する。

「おいらの頑固さは爺婆並みだったんだな」

庸は真顔になって兵衛六を見た。

「じゃあ、心残りはもうねぇよな」

「ん？」

と兵衛六は庸を見る。

「気がついてねぇのかい？」

「何の話だ？」

「お前ぇさん、夏の盛りに死んだんだぜ」

庸が言うと、兵衛六は笑って庸を叩くような手振りをする。

兵衛六は夏風邪をこじらせ、この夏に病没した。庸も悔やみを述べに家を訪れたのであった。

死んだはずの兵衛六が訪れた時、何か心残りがあるのではないかと思い、それを確かめようと普通の客に対するように接したが、兵衛六のほうも、普通の客のようにふるまう。これはどうも兵衛六は自分が死んだことに気づいていないのではないかという気がして、思い切って口にしたのであった。

「分かってるさ、そんなこと」

兵衛六はケロッとした顔で言う。

「もしかして気づいてないのかと思ったぜ――。どうやって気づかせようかって考えてた」

「馬鹿ぬかすねぇ。それほど粗忽者（そこつもの）じゃねぇよ」

「火の用心の連中のことが気懸かりだったかい」

「ああ。あいつら、おれの拍子木を棺桶に入れるのを忘れやがったんだ。今でも自身番の壁の釘にぶら下がってる。おれが死んだのは真夏だから、まぁ仕方がねぇなと思った。そろそろ夜回りの季節だから、連中は自身番に集まって手筈の相談をする。その時に壁にぶら下がるおれの拍子木を見て『あっ』と思うにちがいねぇとな」

兵衛六は溜息をついた。

「ところが、気がつかなかったかい」

庸はクスクスと笑った。

「ああ。囲炉裏を囲んで酒をくらうばかりで、手筈の相談もねぇ」

「そいつは気の毒だったな。だけどよ、自身番は飲み食いが禁じられてるんじゃなかったか？」

「誰が守るかよ」兵衛六はしかめっ面をする。

「おれは三途の川の渡し賃、六文しか持ち合わせがねぇ。だから、この拍子木の損料は連中からたっぷりと搾り取ってくれ」

兵衛六が顎で差した先には橋本町の自身番があった。町木戸を挟んで木戸番所が置かれている。

戸口の右側に〈自身番〉、左に〈橋本町〉と記された看板行灯が掲げられている。戸は開け放たれて、数人の若者が酒を酌み交わしているのが見えた。

「飲み食いの禁は守らなくとも、夜でも戸を開けておくようにというお定めは守ってるようじゃねぇか」

庸は言った。

「それじゃあ、冥土の旅の置き土産で、聞かせてやろうか」

兵衛六はニンマリと笑い、拍子木を両手に持った。

「火の用心。さっしゃりやしょう！」

朗々たる声が夜空に響いた。

兵衛六は二度、拍子木を打つ。

しかし、音はしなかった。

だが、その途端、自身番の中から小気味よく甲高い拍子木の音が二つ鳴った。

「うわぁ！」

と自身番の中から悲鳴が上がる。

若者たちが腰を抜かしたような格好で壁を見ている。そこには拍子木が一つ下がって微かに揺れていた。

「あっ、しくじった！　兵衛六さんの拍子木！」

若者の一人が叫ぶ。

「棺桶に入れなかったから兵衛六さん、化けて出たか！」

「なんまんだぶ。なんまんだぶ――」

自身番の中は大騒ぎである。

「やっぱり忘れていやがったぜ。馬鹿野郎どもが」

兵衛六は舌打ちして苦笑いを浮かべた。

そして、庸に向き直る。

「世話になりついでに、自身番へ行って、おれの拍子木が鳴った顚末を、あの馬鹿野郎どもに話してやってくれ。このままじゃ、どんな化け物話にされるか分かったもんじゃねぇ」

「分かった――。っていうか、お前ぇさん、そのためにおいらを誘ったんだろ」

「お見通しかい。さすが両国出店のお庸ちゃんだ」

「で、お前ぇさんの拍子木はどうしたらいい?」

「誰かが引き継いでもいいし、おれの墓の前で燃やしてもいいし、あの馬鹿野郎たちがしたいようにしていいって伝えてくれ」

「分かった――。おいらから一つ、お前ぇさんに頼んでもいいかな」

庸は口ごもりながら言う。

「もちろんだ。死んじまったおれに出来ることは少ねぇが、出来ることだったらやるぜ」

「隠世でお父っつぁんとおっ母さんに会ったら、庸は頑張ってるって話しちゃくれめぇか」

庸が言うと、兵衛六の顔がこの上もなく優しくほころんだ。

「お前ぇの両親なら、お前ぇが頑張ってるところをよく見て知ってるだろうぜ。まぁ、最後の最後に世話になったって言っておくよ」

「あっ、もしかして、四十九日だったかい？」

庸はハッとしたように兵衛六を見た。

人は死んで四十九日後に、生前の報いが定まり、次に進む道が決まると言われる。

四十九日は、魂がこの世にいられる最後の日であった。

「お庸ちゃんともあろう者が、今頃気がついたかい」

兵衛六は笑った。

その姿はしだいに色を失い、夜の闇に溶けていった。

庸は、たった今まで兵衛六が立っていた場所に合掌すると、クルリと向きを変えて、橋本町の自身番に向かって歩いた。

自身番の中では若い衆たちが、拍子木が鳴った理由をああでもない、こうでもないと話していた。

❖

兵衛六の拍子木は、彼の元で鳶の修行をした若者が引き継いだ。

そして、夜の町に火の用心のかけ声と兵衛六の拍子木の音が聞こえるようになり、人々は冬の訪れが間近であることを知るのであった。

凶刃と大火鉢

一

暮れも押し詰まった昼下がり、江戸は雪の中であった。

庸は鮮やかな紅色に濃紺の輪の蛇目傘を差し、新鳥越町の湊屋本店へ向かっていた。浅草寺の北東、山谷堀を渡ってすぐの町である。町を縦断する通りは奥州街道。人通りも多く賑やかな町であった。

静かに雪の降り続く白と灰色と黒の世界に、庸の蛇目は鮮やかに映えた。

これから大晦日にかけて忙しくなるので、一年の締めくくりの挨拶に出かけてきたのである。

道に面した母屋は豪壮な瓦葺き。店の軒からは大きな木製の看板がぶら下がっている。〈湊屋　本店〉と太文字で書かれ、小さく〈よろず貸し物　無い物はない〉とある。

貸し物だけで湊屋の大店を維持できるわけがないということで、大金を積めば公には出来ない物も貸してくれるとか、初代が公方さまのご落胤だったので御公儀から金が回ってくるという噂もあった。

庸が通用口の番小屋に詰める老人、三治に声をかけると、「奥の離れだよ」と湊屋本店主の清五郎の居場所を教えてくれた。

庸は襟元を直して背筋を伸ばし、奥の茅葺き（かやぶ）へ歩いた。

二つ並んだ茅葺きの、奥の軒先に入り、蛇目についた雪を払い落として壁に立てかけ、腰高障子の前に立つ。

白い息を二つ、三つ吐いて呼吸と襟を整えて、「庸でございます」と声をかけた。

中から『入れ』という清五郎の声が聞こえ、庸は大きく呼吸して「失礼いたします」と、障子を開けた。

広い土間の奥に板敷があり、囲炉裏に薪の炎が見えた。空気は薄く煙って、ほんのりと暖かい。

板敷の奥には清五郎。その右側に配下の半蔵（はんぞう）が座って庸のほうを見ている。

癖のある髪を無造作に後頭部で束ねた清五郎は粋な縞の小袖で、肩に女物の派手な柄の綿入れを羽織り、半蔵はいつもの黒の小袖に裁付袴。毛皮の袖無しを着込んでいる。

二人とも脇に大刀を置いていた。

半蔵は浪人らしかったが、清五郎は町人。しかし、苗字帯刀を許されている身分であった。

「今年もお世話になりました。お陰様で無事に締めくくりが出来そうでございます。これから書き入れ時になりますから、早めにご挨拶をとお邪魔いたしました」

「松之助（まつのすけ）から帳簿を見せてもらっているが、売り上げは右肩上がりのようだな。来年は松之助の賃金も全額出せるだろう。そうなったら、あいつを雇ってやれ」

両国出店の手代を務める松之助は、現代で言うところの出向である。本店の手代であったが、両国出店開店当初から、商売に慣れない庸の補佐としてつけられていた。最初は本店が給金を払っていたが、今では何割か両国出店で出せるようになっていた。

「本人にそのつもりがあるのなら」と、庸は自信なさげに微笑む。

「いつも店の留守を頼むので不満そうでございます」

「あいつなりに楽しんでいる」清五郎は言って手招きをする。

「これから書き入れ時で忙しくなるだろうが、茶を一服する暇はあるか？」

「ご馳走になります」

庸は言って雪沓を脱ぎ、板敷に上がって一礼し、膝で囲炉裏ににじり寄った。

清五郎は後ろの棚から箱を取り、中から黒楽の茶碗、茶杓、棗、茶筅を出して囲炉裏の縁に並べた。

飴色で一重撓の茶杓で抹茶を掬い、茶碗に入れる。自在鉤に吊されている釜から柄杓で湯を汲み、茶碗に注ぎ、茶筅を動かしながら、

「こっちへ」

と清五郎が言う。

庸は清五郎の左脇へ移動して正座した。

清五郎は茶碗を庸の前に置く。

庸は茶碗を手に取った。

銀継ぎのある茶碗であった。銀で継がれた痕が闇夜の稲妻のように見えた。

「金を使わなかったのは、稲妻に見立てるためでございますか？」

庸は訊いた。

「いい景色だろう」

清五郎は言う。

「黒の釉薬の向こうから龍が顔を出しそうでございます」

庸は答えながら、自分の変化に気づき、少し驚いた。

清五郎とこんなに近くで向き合っているというのに、以前のような緊張、羞恥、胸の高鳴りがない。いや、胸がときめかないわけではないが、以前のような激しさがない。

清五郎への懸想に気づいた時から、噴き上げ渦巻いていた思いが、心の奥底に沈んでいる。

それを抑えているのは、諦めと静かな哀しみ――。

清五郎は自分のような小娘を相手にするはずはない。自分は雇われ人。もしかすると妹のように思ってくれているかもしれないが、それ以上であるはずがない――。

ここしばらく、そういう思いが時折、庸を襲って涙腺を刺激していた。

店に松之助や追いかけ屋がいるうちは我慢していたが、店仕舞いをして二階の寝所に上がり、独り布団に入ると勃然としてその思いがわき上がって、涙がこめかみを伝うこともあった。

分別がついてきたからか、いつまでも辛い思いに浸っているよりも、思い切って諦めたほうがいいとも思うようになった。

父が存命であったなら、大工の棟梁のお嬢さん。なんとか思いを成就出来る道もあったろうが、今はしょせん、叶わぬ恋なのである。

そう考えるたびに体は、痺れるような寂しさに包まれる。

茶を啜り終えたのにじっと茶碗を見つめている庸に、清五郎は眉をひそめた。

「口に合わなかったか？　茶菓子を出すのであったな」

と頭を掻く。

「いえ」と庸はにっこりと笑って、懐紙を出し、飲み口を拭った。

「結構なお手前でございました」

時々、こうやって間近で言葉を交わせるだけでいいではないか――。

庸はスッと身を引いて頭を下げる。

「お邪魔いたしました。年が明けたら、ご挨拶に参ります」

と言って、庸は板敷を降りた。戸口で振り返り、もう一度頭を下げると、離れを出た。

それを見送った半蔵が小首を傾げながら、

「お庸、少し大人びて参りましたか」

と言った。

「もう十八ではなかったかな。大人びても当然であろうよ」

清五郎が答える。

「女は男を知ると大人になると申しますが――」

半蔵は片眉を上げて清五郎を見る。

「お庸に男とつき合う暇はないさ――。少し考えてやらねばならぬか」清五郎は火箸を取って薪の位置を直す。

「ところで、神坂(こうさか)家の様子はどうだ？」

陸奥国(むつのくに)神坂藩の江戸家老、橘(たちばな)喜左衛門(きざえもん)は庸を女中として雇うことに執着し、あの手この手を使ってくる。その度に断り、謀(はかりごと)を打ち破ってきたが――。

「湯屋の件以来、動きはございません。国許(くにもと)のほうも同様でございます」

「向こうは知りたいことを知ったわけだから、しばらくは大人しくしていようが、神坂寿宣(としのぶ)の気質を考えれば、いつまた手を出してくるか分からぬから、用心いたせ」

神坂寿宣は、神坂藩の藩主である。

「承知いたしました。気を緩めぬよう伝えます」

半蔵は頭を下げた。

二

湊屋両国出店の帳場には松之助が座っていた。庸は本店へ挨拶に出かけている。帳場の裏には今日の追いかけ屋の吉五郎(きちごろう)が身を潜めていた。

外は静かに雪が降っている。

矢ノ蔵の前を傘を差した男が歩いて来るのが見えた。銀鼠(ぎんねず)の仕立てのいい着物を着た男である。顔は傘に隠れて見えなかったが、恰幅のよさから中年であろうと思われた。

男は真っ直ぐ両国出店のほうへ歩いて来る。

「お客さんのようです」

松之助は吉五郎に声をかける。

男は両国出店の軒下に入ると、傘の雪を落として暖簾をたくし上げ、土間へ入って来た。

「ごめんなさいよ」

微笑みながら言ったのは、四十絡みの優しげな顔の男であった。そこそこの店の番頭か主といった感じである。

「いらっしゃいませ。お寒うございますね。火鉢におあたりなさいませ」

松之助は、客のために土間に置いてある火鉢を差した。

「ありがたい」

男は板敷に腰掛けて火鉢に手をかざした。

「何をお探しでございます？」

「大火鉢。十人くらいが囲めるような大きなやつを借りたい」

男は炭火を見ながら言った。

「寄合かなにかにお使いで？」

「法事で親戚が集まるんだよ」男は松之助に顔を向ける。

「日取りは決まっていたから、それに合わせて座敷を直していたんだが、間に合わなかったんだ。それで急遽、家を借りてそこに親戚を泊めることにした」

「それでは、夜具もお入り用では？」

「商売上手だねぇ」男は笑う。

「家から運ぼうと思っていたが、ついでに借りようか。一緒に運んでもらえるかい？」

「承知いたしました。何組お運びしましょうか」

「何組かはあるが、十組ほど用意してもらおうか」

「大火鉢のほうは、寝殿（しんでん）に置く囲炉裏のように大きな炭櫃（すびつ）、火櫃（ひびつ）とか、巨木の切り株を刳（く）り抜いたものとか、色々ございますが、どのようなものがよろしゅうございますか？」

「その炭櫃とか火櫃とかにしてもらおうか。使い勝手がよさそうだ」

「四角い形でございます。板敷などに据え置いて使い、一辺に三人ほどは座れます。近頃の物は内側に銅（あかがね）の板を張っておりますが、ウチにあるのは古い形ですから火床（ひどこ）が土塗りでございます。乱暴に扱うと割れるのでご用心ください――。夜具のほうはどういたしましょう？　綿が入っているもの、藁（わら）が入っているものなどございますが」

「敷き布団は藁。掛けるほうは掻巻（かいまき）でいい」

「何日ほど？」

「明日から年明けまでかな。せっかくだから神田明神に初詣したいって奴も何人か出そうだから」

「それでは、十日ほどでございますね。かしこまりました。炭櫃を一つと夜具を十組でよろしゅうございますか？」

松之助は算盤を弾き「これくらいになりますが」と男に見せる。

「結構だ」

男は頷き、懐から財布を出す。

「お名前と在所を」

松之助は硯箱と帳面を板敷に置く。

「運んでもらう貸家のほうでいいかね？」

「お住まいのほうもお願いいたします」

「用心深いね」

男は笑って筆を取った。

本小田原町　貸家　長右衛門

その脇に〈駿河町　呉服　丹波屋　長右衛門〉と書き込む。

「こっちが住まいだ」

男――、長右衛門は筆を置き、松之助に算盤で示された損料を手渡す。

「本小田原町の貸家は、以前は呉服を商っていた仕舞屋だ。訊けばすぐに分かる」

「ありがとうございます。それでは、本小田原町のほうへ、明日の朝、炭櫃と夜具をお届けいたします」

松之助が損料を押し戴くと、長右衛門は「頼みましたよ」と言って店を出て行った。

吉五郎が帳場の裏から出て来て、

「どうしやす?」

と訊いた。

「不審なところはないから追いかけなくてもいいよ」松之助は損料を銭函に入れると、帳簿に書き込んだ。

「明日の朝は荷物を届けるんだから、在所が確かかどうかは分かるし」

「江戸言葉でしたが、少し上方言葉の癖がありやしたね」

吉五郎が言うと、松之助は借り人の帳面を開いて見せる。

「わたしも気がついていたさ。店の名は丹波屋。丹波から出て来た人なら、上方訛も（なまり）あるよ――」松之助は吉五郎にニヤリと笑って見せる。

「わたしも丹波の出だけど、訛はあるかい？」

「へぇ」と吉五郎は驚いた顔をする。

「江戸っ子かと思ってやした」

「清五郎さまに厳しく仕込まれたからね。上方のお客さまには上方言葉を使うこともあるけど」言いながら小首を傾げる。

「同郷の者なら、わたしの微かな訛も聞き取っていたと思うけど、長右衛門さんは何も言わなかったな」

「気がつかないほど、松之助さんの江戸言葉は身についてるんですよ」

「うん。そうかもしれないね」

松之助は言った。

湊屋本店の清五郎に厳しく仕込まれたというのは嘘であった。

松之助は父親の秀蔵（ひでぞう）と共に、以前は盗賊をしていた。その時に、江戸言葉を仕込まれたのである。色々あって、松之助も秀蔵も湊屋清五郎の世話になっている。松之助は本店の手代に、秀蔵は清五郎の指示で諸国を旅していた。

外で傘の雪を払う音が聞こえ、松之助と吉五郎は入り口に顔を向けた。

寒さで頰と鼻の頭を赤くした庸が入って来た。

「あー、寒い、寒い」

庸は客用の火鉢を抱え込むようにしゃがんだ。

「お留守の間に五人のお客さんがありました。四人は常連さんです。お一人はご新規で——」

松之助は長右衛門への貸し物について話した。

「そうかい。それじゃあ、明日の荷運びは、おいらが挨拶がてら行って来るよ」

庸は火鉢で手を炙りながら言う。

「本店から人足を出してもらいます」

松之助が言うと、吉五郎が口を挟んだ。

「あの、もしお庸さんが『いいよ』って仰るなら、蔭間長屋の連中を使ってくれやせんかね。仕事にあぶれて銭に困ってる奴が何人かいやす。本職の人足の手間賃の半分でようござんす」

「手伝ってくれるなら助かるぜ。半分じゃ気の毒だが、安くしてくれるのはこっちもありがてぇ。八割でどうだい」

「願ってもないこって」

吉五郎は頭を下げた。

❖

翌朝、辺りが青く明け始めた頃、両国出店の前に二台の荷車が出され、荷が積み込まれた。一台には炭櫃。もう一台には夜具が十組。いずれも風呂敷と筵で覆われ、荒縄で縛られている。

人足は蔭間長屋の店子(たなこ)六人。確かに、なかなか客がつきそうにない面々であった。

いつもより早く来た松之助は積み方や荷の縛り方を指示した後、店の蔀戸(しとみど)を開けた。

「それじゃあ、行ってくるぜ」

家々の屋根の上に太陽が顔を出した頃、庸は松之助に言い、蔭間たちに手で合図した。

荷車は踏み固められた雪の上を進む。春が近いので、雪は弛(ゆる)みかけているのだが、明け方の冷え込みが幸いして、車輪が沈み込むことはなかった。

それでも、半里（約二キロ）ほどの道程の途中には陽当たりの加減で、ところどころ、解けてグズグズになった雪があり、車輪を取られて、通行人に押してもらいながら進んだ。

伊勢町堀を渡り、伊勢町の通りを西に進むと本小田原町である。

通行人に元呉服屋の仕舞屋はどこかと問うと、すぐに教えてくれて、庸たちは難なく長右衛門の借り家に辿り着いた。

間口五間（約九メートル）ほどの家である。蔀戸は降ろされている。

庸は潜りを叩いた。

「湊屋両国出店の者だ。借りてぇ物を持ってきたぜ」

庸が言うと『ずいぶん乱暴な口をきくな』という声が聞こえ、潜りが開いた。

松之助から聞いていた長右衛門の人相に似た男が出てきた。

「両国出店の店主、庸ってもんだ。悪いな、口が悪いことで有名なんだよ」

「そうかい。それは知らなかった。わたしは丹波屋長右衛門だよ」

「どこに据える？」

庸は風呂敷と筵で覆った炭櫃に手を置いて訊く。

「ああ、入り口の板敷に頼む。夜具はその奥の八畳に積み上げてもらえばいい。あとは来た連中にさせるから」

「分かった」

庸は頷いて蔭間たちに指示をする。

長右衛門は中に入って蔀戸を上げる。

蔭間たちは炭櫃と夜具を家の中に運び込んだ。庸も土間に入って家の中を眺めた。

小綺麗に掃除されているように見えたが、部屋の隅々には埃が残っている。不精者が掃除したようであるが——、長右衛門はなぜやり直しをさせなかったのだろうと、庸は小首を傾げた。まぁ、お店の主でも気が回らない奴はいる。そういう細かいことは、しっかりものの女将に任せている者も少なくない。

「何でウチに来た？」

庸は土間に立って蔭間たちの動きを見ていた長右衛門に訊いた。

長右衛門は眉をひそめる。

「ウチに借りに来た理由だよ。いつも使ってる貸し物屋があるだろう？　なぜわざわざウチに来た？」

「ああ――。いつも使ってる貸し物屋には大きな火鉢、炭櫃がなかったんだよ。で、『無い物はない』が売り文句の湊屋ならあるだろうと思って、あんたんとこへ行った」

「湊屋の出店なら、日本橋の向こうっ側だが、日本橋通南二丁目出店のほうが近ぇぜ」

「日本橋通南にも出店があったかい。ウチの奉公人が、両国出店が近いって言うもんでな」

「奉公人は、おいらの口が悪いことは言わなかったかい？」

「言わなかった。まぁ、店主の口が悪かろうがよかろうが、些末なことだ」

「あんたが気にしねぇなら、それはよかった」

庸は肩を竦める。

「お庸ちゃん、終わったぜ」

蔭間たちが掌をはたきながら土間に出て来た。

「それじゃあ、十日後に取りに来るぜ」

庸は長右衛門に言うと、蔭間たちと共に外に出た。

「大切に使わせてもらうよ」

長右衛門は戸口まで出て、軽く頭を下げた。

「継太」庸は歩き出しながら蔭間の一人に声をかけた。

「駿河町へ行って、呉服屋の丹波屋って店があるかどうかを調べてもらいてぇ。主が長右衛門って名かもな」

「何か怪しいところがあるんで?」

継太は声をひそめて訊く。

「いや、ちょっと引っかかるだけだ」

「左様で——。それじゃあ、行って来やす」

継太は駆け出した。

三

庸が両国出店に戻って小半刻(約三〇分)、継太が戻って来た。人足をしてくれたほかの蔭間たちは手間賃をもらって長屋へ引き上げていた。

土間の火鉢を抱え込むようにしゃがんだ継太は、

「丹波屋はありやした。旦那は確かに長右衛門というそうで」

「そうかい。気にし過ぎだったかな」

庸は帳場で言った。

継太は松之助から丹波屋を調べに行った分も上乗せした手間賃をもらうと、嬉しそうに帰って行った。

「何が気になったんです？」

松之助が訊く。

「うん――。自分で言うのも照れくせぇが、長右衛門に湊屋両国出店のことを教えた奉公人が、おいらの口の悪さを言わなかったってのがどうもな。それに、駿河町辺りに奉公しているのに、日本橋通南二丁目出店のほうが近ぇってのを知らなかったってのも引っかかった」

「人は、慣れれば当たり前と思うようになります。お庸さんの口の悪さに慣れた者は、それが当たり前だと思い込んで、『両国出店の主は口が悪い』なんてわざわざ言うこともなくなります」

「そういうもんかね――」

「日本橋通南の出店を知らなかったのは、両国出店しか使ったことがなかったとか」

「ってことは、駿河屋の奉公人はウチの常連だったってことか？　そういう奴に覚えはねぇぜ」庸は帳簿を取って紙を捲る。

「今年、駿河屋の奉公人が何か借りに来たことはねぇぜ」

「だったら、こういうのはどうです？　湊屋が〈無い物はない〉というのを看板文句にしているのは広く知られてます。それで、奉公人は通りすがりにこの出店を見かけていた。それで、いつも使っている貸し物屋に炭櫃がないって聞いて、二つが繋がって『湊屋にはあるかもしれない。出店が両国にある』って思いついた」

「うん。なくもねぇな――」

庸はまだ胸落ちしなかったが、頷いた。

「なんにしろ、そろそろ掛け取りに廻らなきゃならないので、お庸さんも余計な動きは出来ませんからね」

掛け取りとは、ツケで物を借りて行った者から損料を取り立てることである。湊屋では、損料は前金でもらうことになっていたが、常連の中にはツケで借りる者たちもいるので、歳末、あるいは盆と歳末に取り立てに廻った。

「この頃は分別のある動きをなされるようになってきたと感心しております」

松之助は真面目な顔で庸を見る。

「そうだよな――」

庸が言うと、帳場の裏から締造（しめぞう）が顔を出した。今日の追いかけ屋だ。

「わたしが探ってみましょうか？」

「頼もうか」

庸は言った。

「いいえ」と松之助が首を振る。

「わたしは、そろそろ払ってもらえそうなところを廻って参りますので、お庸さんと締造さんは店にいてください」

「継太に頼むんだったな……」

庸は肩を竦める。

「この時期に余計な出費は困ります」

松之助は掛け取り用の合切袋（がっさいぶくろ）を持つと、店を出て行った。

「まぁ、松之助さんの言うことももっともだよ、お庸さん」

締造は慰めるように言う。

「うん。そうだな」庸は文机の上に置いた手に顎を載せる。

「でも、さっき言ったことのほかにも、幾つか気になることがある。奉公人とか家族とか、手伝いに来てなかったんだよな」

「親戚が集まるんでしょう？　だったら、集まった奴らに色々準備させるんじゃないですか？　親戚でも格下の連中じゃありませんかね」

「そうかもしれねぇな」

「そんなに気にかかるんなら、わたしが帰る時にちょいと足を延ばして様子を見て来ますよ。本小田原町なら、葭町（よしちょう）から堀を二つ越えて少し歩けばすぐです」

「悪いなぁ」

「駄賃はいりませんから余計な出費にはなりませんよ。追いかけ屋なのに一日帳場の裏でゴロゴロしてる日もあるんですから。それでもちゃんと昼飯と夕飯を食わせてもらえますからね。そのお礼です」

「すまねぇな。それじゃ、お言葉に甘えるよ」

庸は頭を下げ、締造は嬉しそうに何度も頷いた。

❖

松之助が掛け取りから帰ったのは、夕刻であった。それから店仕舞いをして、締造は両国出店を出た。

空は濃藍色。町は雪明かりでぼんやりと明るい。締造は本小田原町へ駆けた。

場所を聞いていた長右衛門の借り家が近くなると、締造は歩みを緩めて、家路を辿る人々の中に紛れる。

家の正面が見渡せる路地に、締造は身を潜めた。

旅姿の三人組が借り家の正面に立った。

一人が、三度、二度、三度と、拍子をつけて戸を叩いた。

蔀戸の潜りが開き、中から四十絡みの男が顔を出し、三人を招き入れた。

締造は小首を傾げる。

親戚が来たのなら、もっと嬉しそうな顔をしないだろうか。男の態度も旅人の態度も素っ気なさ過ぎた。

もしかすると、両者にとってあまり嬉しくない会合なのかもしれない。親戚同士のゴタゴタを解決するための話し合いとか――。

その後締造は、寒さに耐えながら小半刻（約三〇分）ほど借り家を見張っていたが、訪ねて来る者もなく、潜り戸が開くことはなかった。

締造は借り家の脇の路地にそっと歩み込んだ。板塀に沿って裏のほうへ歩く。塀の向こうから、何人かの男たちの話し声が聞こえてきた。内容までは分からなかったが、四、五人の声である。

塀の上から中を覗いてみたかったが、前後に通行人がいたので諦めた。

締造はブラブラと歩いて路地を抜け、葭町の自分の長屋へ帰った。

❖

翌日の追いかけ屋は綾太郎だった。松之助が奥へ入っている間に、締造から聞いた話を庸に告げた。

「どうもスッキリしねぇな――」

庸は腕組みをする。

「うん」綾太郎は頷く。

「締造の言うように、親類の間で何か厄介事があって集まっているんじゃねぇかな。そういうのは、他人が首を突っ込むもんじゃないぜ」

「他人のほうが厄介事の芯が見えることもあるよ」

「いやいや、この段階で首を突っ込むお節介はやり過ぎだぜ」

「そうだよなぁ――」庸は素直に言った。

「それでも、なんだかスッキリしねぇんだよな」

「スッキリしねぇのは、問題の周りをグルグル回っているからだろうさ。中に入って行けねぇから、手掛かりが手に入らねぇ。それで、推当（おしあて）が立てられねぇ。だけど、両国出店のお庸ちゃんという立場では、もうそれ以上突っ込んで調べるわけにゃあいかねぇだろ。だったら諦めな。小金を貯め、悠々自適で好き勝手に生きてるご隠居じゃねぇんだからよ。だけど、もし、お庸ちゃんが首を突っ込まなきゃならねぇ厄介事だったら、そのうちきっと向こうから転がり込んでくるさ。長右衛門が『どうか助けてください』とか言ってさ」

「なるほどな。そうかもしれねぇな」

庸は頷く。

「だけど、お庸ちゃんがそんなに気になるってんだから、何かあるんだろうな。お庸ちゃんはそういう勘は鋭いから」

「そうでもねぇよ。追いかけ屋に無駄足を踏ませることもしょっちゅうだ」

「その通り」

松之助が、奥から正月飾り用の三方を重ねて持って現れる。

どのあたりから話を聞いていたのかと、庸はギョッとする。

「だけど、お庸さんが怪しいと思うたびに飛び出して行くことを考えれば、必要な出費ですね」

松之助は店の見えやすい場所に三方を置いた。

「今年は考えて動いてるじゃないか」

庸は口を尖らせる。

「来年もその調子でお願いします」

松之助は澄まし顔で板敷に座った。

四

翌日、庸は昼から掛け取りに出かけた。

大伝馬町や伊勢町、堀留町辺りを廻り、夕刻前に仕事を終えた。

ちょっと歩けば本小田原町――。

庸の足は南へ向かった。

松之助が店仕舞いをするまでに戻れば、なんの問題もない。そう考えたのである。

長右衛門の借り家は蔀戸が降りたままであった。庸はその周辺の聞き込みをした。

小腹が減っていたので、近くで屋台の準備をしている蕎麦屋に声をかけた。

「一杯もらえるかい？」

「来たばかりでまだ湯がぬるいんで、少し待ってもらいやすが、よろしゅうございますか？」

店主が釜の蓋を開けながら言った。もうもうと湯気が上がった。

「構わねぇよ。お前ぇさん、いつもここで商売してるのかい？」

「へぇ。ここ五年ほど。もっぱら夜でござんすが」

「そこに貸家があるだろう？」

「ああ、そこの角の家でございますか」店主は長右衛門の借り家のほうを見る。

「すでに人が入っておりやすよ」

「どんな人だい？」

庸が訊くと、店主は疑うような顔で庸を見る。

「いや、おいらは湊屋の両国出店の者でさ」と、半纏の襟に縫い取られた店の名を見せる。

「お得意さんになってもらえればいいなと思ったんだ」

「ああ、左様で――。四十ほどの身なりのいい方で。半年くらい前から時々出入りなさっていますが――」

「なんだって?」

庸は店主の言葉を遮った。

「半年前から出入りしているって?」

「へい——。それが何か?」

「あ、いや、ちょっと前に貸家の張り紙を見たなって思ったからさ」

長右衛門は、親戚筋を法事で駿河町の家に呼ぶはずだったが、座敷の直しが間に合わず仕方なく貸家を借りたと言った。半年前から借りているというのなら、話が食い違う——。

「それは見間違いでございましょう」店主は顔の前で手を振る。

「あの貸家がまだ呉服屋をやっていた頃からここで商売をしていますんで、旦那やおかみさんの顔はよく覚えています。二人ともご高齢で、跡を継ぐ者もなかったので店を畳み、根岸のほうへ引っ込んだのが二年前。それ以来ずっと貸家だったのが、半年くらい前に、旦那が四十ほどの身なりのいい男を連れて来て、家の中を案内しておりやした。その頃は昼間もここで商売をしていたんで、その男の顔をはっきり覚えておりやす」

「それで、その男が時々出入りしているってんだな」

「へい。その通りで」

「住んじゃいないんだな」

「へい。何人かの親戚が、入れ替わり立ち替わり泊まっているようでございます」

「それも半年前からか？」

「へい。お客さんたちには何度か蕎麦を食っていただきやした。冬になってからは姿を見せやせんでしたが、何日か前からは泊まっているようでございますね」

「話をしたのか？」

庸は身を乗り出した。

「へい」

店主は笊に蕎麦を入れて湯に浸し温める。頃合いを見計らって上げると、湯を切って丼に入れた。別の釜から汁を掬って注ぎ、薬味の葱を載せ、庸の前に出す。

庸はそれを受け取り、箸入れから箸を取って湯気を上げる丼から蕎麦を手繰った。何度も息を吹きかけて冷まし、啜り上げる。

屋台の蕎麦にしてはそこそこ出汁の利いた濃いめの汁で、麺は少し切れやすかったが、蕎麦の味が強かった。

「なんで集まってるんだって？」

「他人さまにゃあ話せねぇゴタゴタがあるんだそうで。なかなか話がまとまらねぇからしょっちゅう呼び出されるってぼやいてました」

「親戚たちは、月のうち何度くれぇ呼び出されるんだい？」

「さぁ。気にして見てるわけじゃございませんから、はっきりとは分かりやせんが、暖かいうちはほとんど毎日、誰かしら泊まり込んでいるような感じでござんしたよ」

「うーん。妙な話だな」

庸は最後の蕎麦を啜り終え、汁を吸う。

「他人からは妙に見えますが、向こうにはそれなりの理由があるんでしょうよ」

夏場から家を借りているんなら、最初は炭櫃なんかいらねぇ。寒くなってきたから借りに来たんだろうが、ならば最初からそう言えばいい。

いや、詳しく話せば長くなるから、端折ったか――？

それとも、何か大きなことを隠しているのか――？

「それもそうだな――」庸は財布から銭を出して店主に渡すと床几（しょうぎ）を立った。

「ごちそうさま――。おいらの商売の足しになりそうな話があったら覚えておいてくんな」

庸は銭を少し上乗せした。

「こりゃあ、ありがとうございやす。客の話に気をつけておきまさぁ」

店主は銭を押し戴いた。

庸は道を西に進み、室町に出た。

長右衛門の呉服屋、丹波屋がある駿河町はすぐそこだ。

空は茜になり、雪の積もった町も同色に染まっていたが、庸は駿河町に向かった。

丹波屋の女中でも捕まえて、親戚のゴタゴタについて聞き込もうか――。

しかし、おいらが聞き込みをしている話が長右衛門に聞こえれば、後から文句を言われるかもしれねぇ――。

これから得意先になってくれるかもしれねぇ奴を怒らせるのもまずいが――。

「さて、どうしたもんか……」

湊屋の縫い取りがある半纏を着ているから、こっちの身元はすぐに分かってしまう。

さりとて半纏を脱ぎ、この寒空に小袖に裁付袴姿では訝られる。

炭櫃のことで話があると言って丹波屋に乗り込むのはどうだ？

いや、それでは長右衛門が呼ばれる。話を上手く、貸家で何をしているのかという問いに持っていったとしても、惚けられたらおしまいだ。

幾つかつかれた嘘について問い詰めても、話を手短にするためだったと言われたら終わり。なんにしろ嘘をつくのはよくねぇと喧嘩になれば、客を一人失う――。

「考えることが嫌な大人と同じになっちまったな……」

庸は鼻に皺を寄せる。

ちょっと前までは客を失っても筋は通すのが信条だったが――。

「ちくしょう。おいららしくねぇぜ」

庸は呟いて、丹波屋に向かって足を踏み出す。

後ろからすっと手が伸びて、庸の口と腰を押さえて路地に引き込んだ。

突然のことに血の気の引いた庸は激しく暴れる。

「お庸さん。やめておきなせぇ」

耳元で落ち着いた中年男の声がした。

どこかで聞いたような声だった。

「秀蔵でござんす」

庸は塞がれた口の中で「あっ」と言った。

そして、暴れるのをやめ、「騒がねぇから手を離せ」と言った。

後ろから庸を押さえていた手がすっと引いた。

庸が振り向くと、縞の着物を着た旅姿の男が片膝を突いて頭を下げた。

「久しぶりだな――。まぁ、立ってくんな」

秀蔵と名乗った男は立ち上がって頭を下げた。

秀蔵――。かつて丹波の秀蔵と名乗って、盗賊団の頭をしていた男である。松之助の父であった。

庸とは、ある事件で繋がりをもった。当時、すでに湊屋の手代であった松之助を、ある盗人たちが錠前破りとして引き抜こうとしたのである。秀蔵は湊屋清五郎の命で旅をしていたが、息子に降りかかった災難を知り、江戸に戻った。

結局、庸たちの活躍で事なきを得て、秀蔵はまた旅に出たのだった。数年前の話である。

「江戸に戻ってたのかい」

庸は秀蔵を見上げながら言った。

「へい――。知り合いの盗人が江戸で大きな仕事をするって話を聞き込んだもんで」

「知り合いの盗人――」庸は眉をひそめる。

「お前ぇは以前、丹波の秀蔵と名乗っていた。そして、長右衛門は丹波屋の主――。お前ぇが追って来たのは長右衛門かい？」

「その通りでございます」

「長右衛門は本小田原町に家を借りた。そこに出入りする者多数――。そいつらは盗人の仲間だな。そして本小田原町の表っ側は室町。大店が並んでいる町だ。長右衛門らが狙っているのは室町の大店かい」

「ご明察――。堀がすぐ近くにございますから、盗んだ金をすぐに舟に載せられやす」

「盗人が暖をとるのに手を貸しちまったか……」庸は唇を噛む。

「それで、そんな計略、どうやって知ったんだい？　それも清五郎さまが命じたのかい？」

「いえいえ。清五郎さまに命じられているのは、商売上のことでございます」

「本当に？」

庸は疑り深い目で秀蔵を見上げる。

「本当でございます」

秀蔵は庸の目を真っ直ぐ見て答えた。

「清五郎さまは、ただの貸し物屋じゃねぇと、ずっと思ってたんだが——。まぁいいか。お前ぇに訊いたところで正直に話すはずはねぇもんな」

「どこで計略を知ったかでござんしたね」秀蔵は言う。

「丹波屋長右衛門と名乗っているのは、わたしが盗人をしていた頃の知り合いでござんす。同じ丹波の出で、ふたつ名を丹波の丹吉と申しやす。上方を旅している時に、声をかけられやして」

「仲間になれってかい？」

「へい」

「松之助の件にしろ、盗人ってのは昔の知り合いを頼りたがるもんだなぁ」

「腕のいい奴は引く手数多なんでござんすよ」秀蔵は笑う。

「足を洗ってもしつこく声をかけてくる——。それで、『どんな計略なのか分からなきゃ手は貸せねぇな』と言って、聞き出しやした。もっとも、狙ってるのが江戸の室町一丁目、佐野屋っていう呉服問屋だってことだけでしたけどね」

「佐野屋っていやぁ、長右衛門——、いや、丹波の丹吉の借り家の裏じゃねぇか」

「そうでござんす——。で、どうやって盗むつもりだって訊いたんですが、『それは手を貸すと約束してからだ』って言うんでね、『それじゃあ諦めな』って別れやした。けれど、盗みに入ることが分かっていて見過ごすのも寝覚めが悪い。調べが終わったことを清五郎さまに知らせるついでに、丹吉を追いかけようと思ったんで」

「なるほど――。で、張り込んでいるうちに、おいらたちが丹吉の借り家に炭櫃を運んだのを見たんだな」

「へい。こりゃあまずいことになったなと思いやした。お庸さんのことだから、丹波屋長右衛門を怪しいと思って首を突っ込んでくるだろうなと――。けれど、丹波屋のほうに探りを入れられるとちょいとまずいんで、声をかけやした」

「何がまずいんだ？」庸の頭に閃くものがあった。

「ああ、丹波屋長右衛門はいるんだな？　丹波の丹吉が名を騙っている」

「左様で。丹波屋に丹吉の手下が手代として入り込んでおりやす。それで偽物の長右衛門の動きを怪しまれないよう、色々と小細工をしているんで。もしお庸さんが丹波屋へ行って探りを入れれば、すぐに手代が丹吉へ知らせて、厄介なことになるんでございやす」

「おいらの動きを止めようとするかい」

庸の表情が凍りつく。

「そういうことになりやしょうね」

「うーむ。危ないところだったな。ありがとうよ、声をかけてくれて――。で、お前ぇはこれからどうするつもりだい？」

「お庸さんにも知られてしまったことですし、清五郎さまにお伺いをたてようかと」

「おいらも一緒に行っていいかい？」

「もちろんで」

秀蔵は路地から出ようとした。

「いや、まず両国出店の店仕舞いをしてからだ。一緒に来てくれ」

「……松之助がおりやすよね」

秀蔵は戸惑った顔をする。

「前、旅に出る時に挨拶もせずに行ったろう。松之助は寂しそうだったぜ」

「挨拶すれば、わたしのほうがもっと辛くなるだろうと思いやしてね」秀蔵は苦笑いする。

「後ろ髪を引かれてちゃ、お勤めは出来やせん」

「前はお勤めを大事に考えたんなら、今回は松之助の心を考えてやりなよ。無事な姿を見せてやりな」

「へい……」

眉を八の字にした秀蔵と共に、庸は狭い小路を両国出店に向かった。

五

後は蔀戸を降ろすだけ。そこまで店仕舞いの用意をして庸を待つこと小半刻。

松之助は外に足音を聞いて、帳簿の整理をしていた文机から顔を上げた。

「遅うございましたね。余計なことをして来たんじゃございませんよね」

庸が土間に入ってきた。

足音は二人分だったから――。

と、松之助は体を傾けて庸の後ろを覗く。

そして、ばつの悪そうな顔で庸に続く秀蔵を見て目を見開いた。

「お父っつぁん……」

数年前、自分の危機に駆けつけ、解決後に別れの挨拶もなく旅立って以来の懐かしい顔であった。

庸との約束があったとかで、文（ふみ）は頻繁によこしてくれたが、旅の途上ということでこちらから返事を出すことはなかなか難しかった。

各地の定宿は清五郎に教えてもらっていたから、いつ頃、どこにいるのかを予想しながら、宿に届くように文を届けていたのだった。

「清五郎さまへのご報告で戻ったんだとよ」庸は言った。

「今からおいらも本店へ行くから、三人で一緒に行こうぜ」

「はい……」

松之助は立ち上がり、湊屋の名の入った提灯（ちょうちん）を三つ用意して、文机の手燭（てしょく）から火を移した。

庸は提灯の一つを受け取ると外に出て、さっさと歩き出す。

父と二人にしてくれるつもりなのだと松之助は思った。

松之助と秀蔵は外に出る。松之助は父に提灯を預け、戸締まりをする。

先を行く庸の背中を見ながら松之助は、「お勤めお疲れさま」と秀蔵に言った。

「丹波の丹吉を覚えているか？」

秀蔵が訊く。

「名前だけは知っているが、丹吉がどうした？」

「両国出店から炭櫃を借りた」

「えっ……」

松之助はドキリとした。顔から血の気が引く。

丹波屋長右衛門に炭櫃を貸した。あの男は丹吉だったのか――。

松之助は、炭櫃は隠れ家で仲間に暖をとらせるために借りたのだとすぐに悟った。

「炭櫃はわたしが貸した……」

「そうだったかい。そいつはしくじったな」

「疑いもせずに貸してしまった……」

「丹吉は芝居が上手ぇからな」

「お庸さんは疑っていたが、わたしは偉そうに『余計なことはしないように』と釘を刺した……」

「お庸さんにはさっき話した。お前ぇが貸したんなら『松之助の野郎』とか毒づきそうなもんだが、お庸さんはそんなこと言わなかったぜ」

秀蔵の言葉に、松之助は唇を嚙む。

「お庸さん」松之助は庸の元に走る。

「炭櫃の件、申しわけございませんでした」

「親戚が集まるから家を借りて炭櫃を置きてぇ。不審な話じゃねぇからな。仕方がねぇさ」

「でも、お庸さんは疑いました」

「下手な鉄砲よ。数撃ってるから当たるんだよ」庸は笑った。

「外れた時にゃあお前ぇに迷惑かけてる。このぐれぇでそんなに恐縮するこたぁねぇよ――。さぁ、お父っつぁんのところへ戻って積もる話をしな」

「はい……」

松之助は一礼して秀蔵の元へ走った。

「叱られたかい？」

秀蔵は訊いた。

「そんなに恐縮することはないと言われた」

「よかったな。じゃあ、失態は忘れて次の動きに集中しな」

「次の動き？」

「清五郎さまが黙っていると思うかい？　ちょいとしたことだが、湊屋両国出店が盗人に利用された」

「黙ってないだろうね」

松之助は苦笑する。

「お庸さんに危ないことをさせるわけにはいかねぇから、おれたちが動くことになるだろうよ」

「そうだな」

松之助はゆっくりと頷いた。

「これからは、お庸さんの勘は信じたほうがいいぜ」

「わたしの勘が当たるほうが多い」

松之助はムッとした顔をする。

「勘が外れた時に後悔するのはどっちだい？」

「それは……」

「お庸さんの勘が外れれば、迷惑を被るのはお前ぇだ。だが、お前の勘にしたがってお庸さんが動かなかったと考えてみろ。それでお前ぇの勘が外れてりゃあ、誰かが厄介事のせいで泣くことになる」

秀蔵の言葉に、松之助は黙り込んだ。

「数十年に一回、海嘯（津波）にやられる浜辺の村を旅したことがある。その村では地震のたびに高台に逃げていた。だが、なかなか海嘯が起こらない。しだいに村人は逃げなくなった。前の海嘯から数十年経ち、地震と共に大波が村を襲った。生き残ったのは、地震のたびに高台に逃げていた村人たちだけだった。常に最悪を考えて行動してりゃあ、災厄を避けることが出来る――。お前ぇもお庸さん並みにとは言わねぇが、もう少し疑り深くなってもいいかもしれねぇな」

「そうだな――」

俯いて答える松之助の肩に、秀蔵が腕を回した。

二人は黙ったまま、前方に揺れる庸の提灯の明かりを追って歩いた。

❖

「そいつは、なかなか面白いな」

清五郎は煙管の煙を吐き出す。

湊屋本店の離れである。囲炉裏を挟んで庸、松之助、秀蔵が座っていた。清五郎の横には半蔵が控えている。

「お庸、お前ぇはどうしてぇ？」

清五郎は微笑みながら庸に顔を向ける。

「両国出店からここまでの間に考えておりました。業腹でございますから意趣返しをしたいところです。しかし、相手は凶賊のようでございますので、熊五郎あたりにでも任せたほうがいいのかと思っております」

熊五郎とは、熊野五郎左衛門。北町奉行所の同心である。三十路を過ぎてまだ独り者で、神田のあたりを巡回し、庸の実家にもよく顔を出して袖の下をせびっていた。

「清五郎さまはどうお考えで？」

秀蔵が訊く。

「おれか？」と言って清五郎はニヤリと笑う。

「意趣返しは必要だろうな」

「清五郎さま」

半蔵が即座に渋い顔をした。

「清五郎さまと半蔵さまは、お庸さんと松之助に似て御座しますな」

秀蔵はクスクスと笑った。

「未熟者らと一緒にされては困る」

半蔵は怒ったように言う。

「どのような意趣返しをお考えでございますか？」

庸は真剣な顔で訊く。

「お庸の考えも入れて、最後は熊野どのに任せよう」

「わたしの出番はございましょうか？」

庸は身を乗り出して訊く。

「お庸さん」

松之助が口を挟む。

清五郎はそれを手で制し、

「欲しいか？」

と訊く。

「欲しゅうございます」

庸は大きく肯きながら答えた。

「それじゃあ、幸太郎にも手を貸してもらおうか」

「弟でございますか？」

庸は眉をひそめる。

弟の幸太郎は、亡き父の跡を継いで大工をしている。父は棟梁であったが、まだ棟梁になるだけの力はなかったので、名棟梁だった仁座右衛門が後見していた。

「それから綾太郎たちにも手を貸してもらおう」

「お庸さんや幸太郎さん、綾太郎さんたちに危険はございませんか？」

松之助は睨むように清五郎を見た。

「さてな。兵略を聞いてみるか？」

「はい」

松之助と庸は同時に言った。

清五郎は火箸を一本取ると、目の前の囲炉裏の灰に絵図を描く。

庸と松之助、秀蔵は近くに寄って図を覗き込む。

「ここが丹波の丹吉の借り家。ここが室町一丁目の呉服問屋、佐野屋。おそらく丹吉は――」

清五郎は火箸を使いながら兵略を語った。

庸たちは頷きながらそれを聞く。

「――とまぁ、熊野どのが丹吉一味を捕らえて落着だ」

「でも、それじゃあ――」庸は腕組みをして難しい顔をする。

「両国出店に損が出ます」

「確かにな」清五郎はニッコリと笑う。

「損が出ないように手筈を整えておく。それならばいいかい?」

「はい。それであれば、仰せの通りの兵略でいけると思います」

「しかし――」松之助が言う。

「丹吉たちがいつ事を起こすのか分かりません」

「早く動き出すようけしかければようござんす」秀蔵が言う。

「丹吉は渋ちん（ケチ）でござんすから、せっかく準備したことがフイになるなんてことにはしやせん。ですから――」

と秀蔵は計略を語る。

「綾太郎の仲間に――」庸が言う。

「勘三郎(かんざぶろう)というかつて盗賊をしていた男がおります。丹吉の借り家に忍び込んで様子を窺ってもらい、盗みに入る日を探らせるという手もあります」

「なるほど、その二つを組み合わせるか」清五郎が頷いた。

「幸太郎の仕事のことを考えれば、いつまでもこっちの手伝いにかかずらわせるのも気の毒だ。丹吉には早目に動いてもらおう――。お庸たちは明日中に手筈を整えろ。熊野どのにはこちらから話をしておく」

「分かりました」庸は立ち上がる。

「これから帰って準備をいたします」

「秀蔵と松之助は一緒に戻って手伝いをしな」

清五郎が言った。

「えっ……」

松之助と秀蔵は顔を見合わせる。

「庸を手伝った後は、両国出店で布団を並べて寝な」

「本店の広い座敷じゃあ――」庸が言う。

「布団を離して寝ちまうからってご配慮ですね。両国出店の狭い座敷なら、嫌でも布団をくっつけて寝なきゃならない」

「まぁ、そういうことだな」

清五郎が言うと、松之助と秀蔵は照れたような表情でもう一度顔を見合わせると、どちらからともなく立ち上がった。

六

翌日の朝。北町奉行同心、熊野五郎左衛門が呉服問屋佐野屋を訪れた。ひょろりと背が高くなで肩で、頼りになりそうもない見かけであったが、黄八丈(きはちじょう)に羽織の裾を折り込んでいる格好は、八丁堀同心である。

二人のお供は、虎吉(とらきち)という中年の岡っ引きと、若い康造(こうぞう)という名の下っ引である。

番頭がすぐに近づいて「いらっしゃいませ」と声をかけた。

熊野は上がり框(かまち)に腰掛けて、奉公人たちが忙しげに動き回る店内を見回した。

「忙しいところをすまねぇな。この辺りを廻ってる同輩が調子を崩してな。おれが代わりに知らせに来た」

「何かございましたか?」

番頭は眉をひそめる。

「上方(かみがた)から盗賊が集まっているらしい。品川宿で見たとか、室町の辺りで見かけたとか、密偵らから報告があってな。どこを狙っているかは分からねぇが、上方くんだりから出てくるんだ。大店を狙っているに違いねぇ。そこで、市中の大店に手分けして声をかけて廻ってるんだ」

昨夜、奉行所から呼び出しがあり、駆けつけてみると広間に与力、同心が集められていた。そこで、上方から盗賊が集まっているらしいという話を聞かされたのである。明日から市中の大店に警告して廻るように――。同心たちはそう命じられたのだった。

そして解散の後、熊野は奉行に呼び止められ、清五郎の兵略を耳打ちされたのだった。

湊屋清五郎は得体の知れない男であったが、奉行や大身旗本などとも昵懇で、たまに手柄になる仕事も回してくれていたから、熊野は「承知いたしました」と頷いたのである。

「それは恐ろしゅうございますね……」

番頭は怯えた顔をする。

「奉行所も夜間の警戒を強化するが、お前たちもいつもより戸締まりの用心をするように」

「承知いたしました。お知らせありがとうございます」

番頭は紙に包んだ金を熊野の袂に滑り込ませる。

熊野は懐手をするふりをしながら紙包みを袂から取って懐に移した。

「それじゃあな。気をつけるんだぜ」

と、熊野は腰を上げて店を出て行った。

❖

佐野屋の手代美濃吉(みのきち)は、なに食わぬ様子で熊野と番頭の話を盗み聞いていた。そして熊野が店を出ると少し間を空けて「お得意先を廻って参ります」と告げ、店を出た。

美濃吉は一旦、日本橋のほうへ歩き、小路に入って遠回りしながら佐野屋の裏にある丹吉の貸家の前に立った。決められた回数、潜り戸を叩くとすぐに開いた。

美濃吉は左右を確かめて中に入る。

薄暗い板敷には蠟燭が灯され、炭櫃を囲んで十人ほどの男たちが静かに酒を飲んでいた。

「どうしてぇ、美濃吉」

男の一人が訊いた。丹波の丹吉である。丹波屋長右衛門を演じていた時より乱暴な口調であった。

「町方がおれたちの動きに気づいたようで」

「なにっ!」

炭櫃の周りの男たちが声を上げる。

「誰かは分からねぇが」美濃吉は男たちを睨(ね)めつける。

「この中の誰かが品川宿と室町で、奉行所の密偵に見られたようだ。同心が市中の大店に戸締まりの用心をするよう言って廻ってる。さっき佐野屋にも来た」

「どうする？」

男の一人が丹吉を見る。

「仕上げをしてから盗みに入ろうと思ったが、そんな余裕はなさそうだな」丹吉は顎を撫でる。

「だが、いくら戸締まりをしようと無駄だ。早いとこ仕事をして江戸からずらかろう」

「いつやる？」

別の一人が訊く。

「今夜だ」

丹吉は一同を見回しながら言う。

男たちは頷いた。

❖

丹吉の借り家の屋根裏に潜んでいた勘三郎は、音もなくそこを離れ、屋根から路地に人気(ひとけ)がないことを確かめて飛び下りた。

路地を駆け抜けながら、身を隠していた半蔵に目で合図をすると、あらかじめ決めていた『今夜実行』の、胸の前に手を当てる合図をして、両国出店へ走った。

半蔵はその知らせを持って新鳥越町の湊屋本店へ走る。

❖

息せき切って両国出店の土間に走り込んだ勘三郎は「今夜でござんす」と、帳場の庸、板敷の松之助、綾太郎、秀蔵に言った。

「よくやった」綾太郎が言う。

「もう一度忍び込んで、連中が動き出したら知らせてくれ」

「承知」

勘三郎は頷くと、土間を駆け出した。

「本当に危険はないんでしょうか」

松之助は言いながら土間に降りて、裏の蔵から持って来てそこに置いてあった投網を大きな風呂敷に包み始める。

「絶対に安全なんて誰にも約束できねぇよ」庸はのんびりと言った。

「ここに座ってたって、突然地震が起きて家が潰れるかもしれねぇ」

「そんなに心配なら」秀蔵がニヤニヤしながら言う。

「お前ぇはお庸さんにぴったりくっついて、守っていろ」

「そうします」

松之助は真顔で風呂敷を縛る。

「それじゃあ、おれもだ」綾太郎が言う。

「松之助は右を守るか？　左にするか？」

「迷惑だよ」

庸は顔をしかめた。

❖

夜四ツ（午後一〇時頃）。

丹吉一味が動き出した。

全員が黒装束をまとい板敷に集まると、大きな炭櫃を押して部屋の隅に押しやる。

数人が龕灯（がんどう）の蠟燭をともす。

龕灯とは、自在に動く燭台を中に仕込んだ筒状の明かりで、蠟燭の明かりを前方に集中できる。現代の懐中電灯のようなものである。

数人が床板を剝（は）がす。すでに釘が抜かれていて、床板は難なくめくれた。

床下の土に穴があった。梯子が降ろされている。穴の深さは一間半（約二・七メートル）ほどであった。

龕灯を持っている者が一人、梯子を降りる。次に数人降り、また龕灯を持った者が降りる。

そうやって、龕灯を持つ者で持たない仲間を挟むようにして、丹吉一味は全員穴に降りた。

屋根裏にいた勘三郎は、板敷に飛び降り、土間を走って蔀戸の潜りを開けた。

「見張りを置いてなかったんで、手間が一つ減りました」

勘三郎が言うと、まず庸が中に入った。次に弟の幸太郎。そして庸の実家で働く大工の甚八（じんぱち）、長三郎（ちょうざぶろう）。綾太郎に率いられた蔭間が数人。最後に、大きな風呂敷包みを背負った松之助が苦労して潜りを抜ける。

幸太郎と二人の見習い大工がすぐに板敷に上がって、穴の上の床板をさらに剝がしはじめる。さすがに大工である。音を立てず手早く仕事を終えて、床には一間半四方の穴が空いた。

綾太郎たちが炭櫃の周りに集まり、持ち上げて穴の側まで移動した。

何人かが穴の中に降り、顔を真っ赤にしながら炭櫃を下に降ろして床下の地面に空けられた穴を塞いだ。

松之助が風呂敷から投網を出して、綾太郎たちと共に炭櫃の上に被せる。

綾太郎たちはすぐに穴を出て外に飛び出し、手焙（てあぶり）を三つ、釜を三つ持って来て板敷で炭を熾（おこ）す。三人が釜を持って裏の井戸に走り、水を汲んで戻って来ると、手焙の上にそれを置いた。

幸太郎と二人の大工は家の裏手から薪を人数分持って来て土間に置く。

「さぁて、準備は整った」庸は薪を一本取り上げて、掌で叩く。

「いつでも来やがれ」

残りの者たちも薪を手に取る。

勘三郎は腰の後ろに差した脇差の位置を直した。

❖

丹吉たちは腰を屈めながら、半年前から掘っていた横穴を進む。掘り出した土は裏庭に積んでいたが、結構な山になったので、夜陰に乗じて伊勢町堀や日本橋川に捨てた。

地盤の弱い場所をところどころ、柱や梁、天井板で補強しているのが、龕灯の明かりに照らし出される。

十間（約一八メートル）ほど進むと横穴は行き止まりになり、竪穴（たてあな）に梯子がかけられていた。

顔を上げると、松の枝の向こうに星空が見えた。

丹吉たちは梯子を昇って外に出る。雪の積もった裏庭の築山の中であった。

美濃吉が黒装束を着て、穴の側に控えていた。脇に、竹を編んだ物に綿を張りつけて積もった雪を模した蓋が置いてあった。

満天星（どうだんつつじ）の植え込みの裏である。家からは見えない位置であったが、用心のための擬装だった。

丹吉たちは築山を駆け下りる。すぐ側に離れの濡れ縁、右手に白壁の蔵があった。

丹吉たちが蔵へ向かって走ると、濡れ縁から声がかかった。

「土竜（もぐら）の真似かい。ご苦労なこったな」

丹吉たちはギョッとして足を止め、振り向きざま、腰の後ろに差していた脇差を抜く。

濡れ縁に二つの人影があった。

龕灯が二人を照らす。

清五郎が沓脱石（くつぬぎいし）に足を降ろし、座っていた。

横の半蔵は濡れ縁に正座している。

「誰だ！」

「丹波の田舎者は、湊屋清五郎を知らないか」

清五郎は唇の端を上げて微笑む。

「湊屋清五郎――。貸し物屋がこんなところで何をしている？」

「ほう。貸し物屋であることは知っていたか。それ以上のことを知らずに、両国出店に炭櫃を借りに行ったのが運の尽きだな。まぁ、両国出店に行かずとも、お前たちの命運は尽きていたのだがな」

「訳の分からんことを！　我らの上前をはねようと待っていたか？　たった二人で何が出来る！」

「試してみるか？」

清五郎は濡れ縁に置いた大刀を取って立ち上がる。半蔵は庭に降りた。

丹吉たちは半円を描いて清五郎と半蔵を囲む。

清五郎は帯に大刀を差し、

「今のうちに逃げたほうが得策だぞ」

と言った。

「こしゃくな！」

盗賊の一人が清五郎に斬りかかる。

清五郎は一歩踏み出して目にも止まらぬ速さで刀を抜く。盗賊の胴に刃が食い込む瞬間、刀身を返した。

峰が盗賊の胴を打つ。

盗賊は呻いて濡れ縁に倒れ込む。

「おのれ！」

三人の盗賊が脇差を振り上げて清五郎に迫る。

半蔵がさっと動いて清五郎の前に立ち、拳と蹴りを繰り出して三人を倒した。

「おれたちの敵じゃねぇな」

清五郎が言う。

「御意（ぎょい）」

半蔵がニヤリと笑って、首から吊った紐を引っ張る。懐から呼子(よぶこ)が現れた。

盗賊たちは眉間に皺を寄せる。

清五郎と半蔵に倒された盗賊が、ヨロヨロと仲間の元に戻る。

半蔵は呼子をくわえて強く吹いた。

鋭い音が夜気を切り裂く。

同時に、板塀の向こうに〈御用〉と書かれた高張(たかはり)提灯が十数丁現れた。

「くそっ！」

丹吉は毒づいて穴に走る。

配下たちもその後に続いた。

丹吉らは全員、穴に逃げ込んだ。

それを確かめて清五郎と半蔵は板塀に走り、跳び越えた。

裏庭に「御用だ！」の声が響き、数十人の捕り方がなだれ込む。先頭は同心の熊野であった。

「築山に抜け穴がある！　追え！」

熊野は大声で指示を出した。捕り方たちが築山へ走る。

❖

丹吉は出口の梯子に取りついて昇った。

しかし――。頭が何かに当たった。

手で触ると板であることが分かった。押してもビクともしない。

「ちくしょうっ！」

丹吉は腰に差した、千両箱の鍵をこじ開ける鉄棒を抜いて板を突いた。

二度、三度突くと板が割れて土埃のようなものが降ってきた。

背後から補り方の声がする。

配下たちは「早く、早く」と急かす。

丹吉は板に大きく穴を空けようと、丸く突いていく。

❖

丹吉の借り家の土間に、清五郎と半蔵が飛び込んだ。

板敷の、床板を外したところを囲むように立っていた庸たちが、ホッとしたようにそちらを見た。

その瞬間、床下に置いた炭櫃が大きな音を立てる。音がするたびに、炭櫃とそれを覆った投網が揺れた。

「間に合ったようだな」

言いながら清五郎が板敷に上がる。半蔵がそれに続いた。

板に円状に穴を空けた丹吉は、最後の一突きをその中央に刺した。これで板は丸く切り取られるはず――。

丹吉は板をこじるように鉄棒を動かす。

メリメリと音がして、板に大穴が空く。

その瞬間、穴から大量の灰が降り注いだ。

「わっ！」

頭から灰を被った丹吉は悲鳴を上げて梯子から落ちる。

配下らはもうもうと立ち上る灰の向こうに、室内の明かりを見て、我先にと梯子を昇った。

しかし――。穴の上には網があった。

最初に梯子を昇りきった盗賊は、網をどかそうともがく。

そこへ、庸たちが薪を持って押し寄せる。

「嘘をついて炭櫃を借りやがって！　この盗人野郎！」

庸は薪で盗賊をしたたかに打つ。

殴られた盗賊は情けない声を上げて、後ろから昇って来る盗賊たちを巻き込んで落ちて行った。竪穴の下には盗賊たちが折り重なり、叫び声、呻き声を上げる。

それでも諦めず梯子を昇って来る盗賊たちに、蔭間たちが柄杓を持ち、釜で沸かした湯を汲んでぶっかけた。

「熱ぃ！」

盗賊たちは悲鳴を上げて梯子から落ちる。

「このっ！」

配下に踏みつけられていた丹吉が怒鳴って脇差を抜き、梯子を昇る。

次に松之助が薪を振り上げる。

後ろから清五郎が近寄り、松之助の薪を奪った。

「お前は見境がなくなるからやめておけ」

清五郎に言われ、松之助はすごすごと土間に降りた。

丹吉が梯子を昇りきり、脇差を振り回して網を切ろうとする。下から補り方の声が聞こえ、盗賊らが次々に捕らえられる怒声が響く。

清五郎が前に出て、大刀の切っ先を丹吉に向けた。

丹吉は絶望の表情で清五郎を見上げた。

「うちの貸し物を壊したな。弁償してもらうぜ」

清五郎は丹吉を見下ろして微笑んだ。

丹吉の下に熊野の顔が見えた。熊野は、清五郎に目礼して、丹吉を引きずり降ろした。

「さて、捕り物は終わったようだ」

清五郎は刃を鞘に納め、庸たちに言った。

七

庸は帳場で大欠伸(おおあくび)をした。

昨夜は興奮のためになかなか眠れなかったのである。

日差しは暖かく、屋根の雪が溶けて雨だれのように軒先から滴(したた)っている。

「お庸はいるかい」

下駄を鳴らして土間に入って来たのは、同心の熊野であった。

「昨夜(ゆんべ)はどうも」

庸は言った。無愛想ではあったが、礼を言ったつもりであった。

「ああ。ご苦労だったな。本当は素人に危ねぇことをさせるわけにゃあいかねぇんだが、湊屋の旦那の頼みは御奉行も断れねぇ」

「なんか弱味でも握られてるのかい？」

「んなことはねぇよ」熊野は顔をしかめる。

「湊屋の旦那はご老中とも昵懇だって話だ。頼みを断れば首が飛ぶかもしれねぇってことよ。それに盗賊団を捕らえられるんなら、断る手はあるめぇ」

「で、手助けの礼を言いに来ただけじゃねぇだろ。何の用でぇ？」

「ああ。これだ」

熊野は袂から小判を出し、一枚、二枚と庸に放った。

庸はそれを空中で受け取り、文机に並べる。

「なんでぇ、この金は？」

「炭櫃の直し代と、お前ぇの弟たちの手間賃だ。湊屋の旦那から言われてな。丹波の丹吉の財布から抜いてきた」

「清五郎さまやおいら、蔭間たちの手間賃は？」

「お前ぇたちは意趣返しをしたんだろうが。手間賃なんか出るかよ。蔭間たちはお前ぇが雇ってるんだから、そっちでなんとかしな」熊野は腰を上げる。

「今年はもう顔を合わせることもなかろうから、いい年を迎えな」

と言って店を出る。

「そっちもな」

熊野の後ろ姿に庸は言った。

庸は銭函に二両を入れて、幸太郎と二人の大工への手間賃を小粒（一分金）で揃えた。

春を感じさせる日差しはさらに強くなり、雪解けの水の滴りはさながら本降りの雨のようであったが、その拍子はなにか楽しげに庸には聞こえた。

本作品は当文庫のための書き下ろしです。

平谷美樹（ひらや・よしき）

一九六〇年、岩手県生まれ。大阪芸術大学卒。中学校の美術教師を務める傍ら創作活動に入る。

二〇〇〇年『エンデュミオンエンデュミオン』で作家としてデビュー。同年『エリ・エリ』で小松左京賞を受賞。

二〇一四年、「風の王国」シリーズで歴史作家クラブ賞・シリーズ賞を受賞。

著書に「草紙屋薬楽堂ふしぎ始末」「貸し物屋お庸謎解き帖」（だいわ文庫）シリーズのほか、「修法師百夜まじない帖」（小学館文庫）シリーズ、「貸し物屋お庸」（招き猫文庫）シリーズ、「採薬使佐平次」「江戸城　御掃除之者！」、「よこやり清左衛門仕置帳」（角川文庫）シリーズ、『でんでら国　上・下』『鍬ヶ崎心中　幕末宮古湾海戦異聞』（小学館文庫）、『柳は萌ゆる』（実業之日本社文庫）、『国萌ゆる 小説 原敬』『虎と十字架』（実業之日本社）『大一揆』（角川文庫）、『賢治と妖精琥珀』（集英社文庫）等、多数がある。

だいわ文庫

貸し物屋お庸謎解き帖
髪結いの亭主

著者　平谷美樹

©2024 Yoshiki Hiraya　Printed in Japan

二〇二四年二月一五日第一刷発行

発行者　佐藤　靖
発行所　大和書房
東京都文京区関口一−三三−四　〒一一二−〇〇一四
電話　〇三−三二〇三−四五一一

フォーマットデザイン　鈴木成一デザイン室
本文デザイン　bookwall
本文印刷　信毎書籍印刷
カバー印刷　山一印刷
製本　小泉製本

ISBN978-4-479-32083-8
乱丁本・落丁本はお取り替えいたします。
https://www.daiwashobo.co.jp

だいわ文庫の好評既刊

*知野みさき
深川二幸堂 菓子たより
人気作家が江戸の菓子屋を舞台に描く、極上の甘味と得難い縁。『深川二幸堂 菓子こよみ』シリーズ・待望の続編登場！ 珠玉の時代小説。
740円
361-5 I

知野みさき
鈴の神さま
「俺はな、鈴守なのじゃ」——無垢な子供の姿をした小さな神さまが教えてくれた大切な事とは…清らかで心躍る5つのやさしい物語。
700円
361-2 I

*碧野圭
菜の花食堂のささやかな事件簿
裏メニューは謎解き!? 心まで癒される料理教室へようこそ！ ベストセラー『書店ガール』の著者が贈る、やさしい日常ミステリー！
650円
313-1 I

*碧野圭
菜の花食堂のささやかな事件簿
きゅうりには絶好の日
グルメサイトには載ってないけどとびきり美味しい小さな食堂の料理教室は本日も大盛況。大好評のやさしくてほろ苦い謎解きレシピ。
650円
313-2 I

*碧野圭
菜の花食堂のささやかな事件簿
金柑はひそやかに香る
本当に大事な感情は手放しちゃいけないわ——小さな食堂と料理教室を営む靖子先生は名探偵!? 美味しいハートフルミステリー。
650円
313-3 I

*碧野圭
菜の花食堂のささやかな事件簿
裏切りのジャム
本当に大切にしたい縁なら勇気を出さなきゃ——小さな食堂のオーナー・靖子先生が謎と心を解きほぐしてくれる美味しい日常ミステリー。
680円
313-4 I

*印は書き下ろし

表示価格はすべて本体価格（税別）です。本体価格は変更することがあります。